Aus dem Dunkel

Leonie Haubrich

# Aus dem Dunkel

Psychothriller

Bibliografische Information der Deutschen Nationalbibliothek:
Die Deutsche Nationalbibliothek verzeichnet diese Publikation in der Deutschen Nationalbibliografie; detaillierte bibliografische Daten sind im Internet über http://dnb.dnb.de abrufbar.

© 2017 by Leonie Haubrich, auf-lose-blaetter.de
Lektorat: Marketa Görgen,
https://www.lektorat-goergen.de/
Korrektorat: Ilka Bredemeier
Covermotive und Grafiken: © inacio pires, sun ok, Nik Merkulov, Eky Studio und Palsur - shutterstock.com
Kapitelzierde: Fotolia© Galina Shpak
All rights reserved.

Herstellung und Verlag: BoD – Books on Demand, Norderstedt

ISBN: 978-3- 746061986

# Kapitel 1

Die Türklingel ging eine halbe Stunde eher als erwartet. Annegret sah kurz auf den Zettel, der auf dem Esstisch lag. Fischer war der Name der Frau, die zu einem ersten Beratungsgespräch kommen wollte; ihr verschwundener Sohn hieß Max. Frau Fischer, Max, wiederholte sie in Gedanken. Sie konnte sich nicht mehr erinnern, wann es angefangen hatte, dass es ihr immer schwerer fiel, sich neue Namen zu merken. Irgendwann mit Riccardas Verschwinden musste es begonnen haben, doch das spielte in der nächsten Stunde auch keine Rolle. Annegret wusste, was in Frau Fischer vorging, wie in all den anderen Müttern und Vätern, die sie in den letzten Jahren betreut hatte. Das reichte. Sie wusste es nur zu gut – auch dass es keine Worte gab, die wirklich helfen konnten, das Unfassbare zu begreifen, oder wiedergutzumachen, was geschehen war. Wenn ein Kind verschwand, war es nicht einmal ein Trost, wenn ein Verbrechen ausgeschlossen werden konnte. Die Gedanken der Angehörigen blieben bei den Verschwundenen – beim Duschen, beim Fernsehen, beim Essen, Arbeiten oder Autofahren. Es waren Schmerzen, die nicht endeten. Manchmal wurden sie kurzfristig schwächer, um dann – ganz unvermittelt, wenn man es nicht erwartete – wieder aufzubrechen. Annegret hatte es am eigenen Leib zu spüren bekommen. Auch mit ihrem Verein »Schattenkinder« konnte sie das Leid nicht auslöschen, aber eins war möglich: da zu sein. Zuzuhören. Sich nicht abzuwenden, auch wenn die Trauer und der Schmerz zunahmen, anstatt weniger zu werden, die Tränen zu ertragen. Sie hatte gelernt anzuerkennen, dass manches Leid bestehen blieb. Dass es schon eine Erleichterung war, wenn die Angehörigen ihre Gedanken aussprechen konnten, auch wenn es immer die gleichen Überlegungen waren, wenn sich der Kopf nur noch im Kreis drehte. Denn sie hatte den Unterschied am eigenen Leib erfahren: Was es hieß, wenn ein Gegenüber zuhörte, wirklich zuhörte, anwesend war und sich vor dem Schmerz nicht wegduckte. Es war nicht leicht, in ein Gesicht voller Qual zu blicken, ohne wegzusehen. Die meisten Zuhörer, Freunde, Verwandte, sie alle wollten in solch einer Situation häufig einfach nur, dass man so tat, als würde das Leben wieder so werden, wie es vorher gewesen war. Als würde es helfen, sich Ziele zu setzen, sich auf sich selbst zu konzentrieren und der ganze andere Quatsch. Annegret wurde wütend, wenn sie nur daran dachte.

Sie steckte den Zettel in die Hosentasche, wiederholte noch einmal die Namen, sah kurz in den Garderobenspiegel, ordnete ihre Haare und öffnete.

»Frau Fisch…« Annegrets Stimme versagte. Am Rande ihres Blickfeldes wurde es dunkel und verschwommen, Lichtpunkte tauchten auf. Ein Prickeln breitete sich ausgehend von den Händen über die Arme in den gesamten Körper aus. Sie hielt sich am Türrahmen fest.

Da stand sie: Riccarda. Mit einem Baby im Arm.

Annegret blinzelte. Alles in ihr weigerte sich zu begreifen, was gerade vor sich ging, zu häufig schon hatte sie gedacht, Riccarda zu sehen. Beim Einkaufen war sie unzählige Male auf fremde junge Frauen zugestürmt im festen Glauben, Riccarda zu sehen. Nie war es Riccarda gewesen. Sie hatte geglaubt, aus dem Stimmengemurmel heraus die Stimme zu hören, die sie mehr vermisste als alles andere auf der Welt. Zu oft war Annegret von ihren Sinnen schon getäuscht worden, als dass sie ihnen noch vorbehaltlos glauben könnte. Wenn Sehnsucht, Trauer und Leid zu groß werden, beginnen Augen und Ohren etwas vorzutäuschen – ein Phänomen, von dem sie früher nichts gewusst hatte. Aber es war so.

Sie schloss die Lider für ein paar Sekunden und öffnete sie wieder.

Nein, sie träumte nicht, die Frau an der Türschwelle war es wirklich: Riccarda. Aus der ehemals Spätpubertierenden war eine junge Frau geworden. So erwachsen!

Die Gesichtszüge so viel älter, dass es Annegret schmerzte, genau hinzusehen. Riccardas Haare waren länger, sie fielen ihr in leichten Wellen bis auf die Schultern. Heller, als Annegret sie in Erinnerung hatte, und rötlicher. Aus dem früheren Mittelbraun war ein Rotblond geworden, doch am Ansatz kam die ursprüngliche Farbe zum Vorschein. Eine Brille trug Riccarda nicht mehr. Die dunklen Ringe unter den Augen waren unübersehbar. Riccarda war abgemagert. Seitlich an ihren Handgelenken traten die Knochen wie Murmeln hervor, Sehnen zeichneten sich auf der Handoberfläche und am Hals ab. Ihr Bauch war gerundet, als wäre sie im 5. Monat schwanger.

Annegret versuchte, alles ganz genau in sich aufzunehmen, als hätte sie ein Bild vor sich, das sich jeden Moment auflösen könnte: saubere Jeans, Turnschuhe, ein grauer, gefütterter Parka mit Kunstfellbesatz und Katzenaufnähern an den Ellbogen, obwohl es noch nicht Winter war und die Sonne die Temperaturen noch einmal sommerlich werden ließ.

So oft hatte sich Annegret diesen Moment ausgemalt, ihn in Gedanken durchgespielt, was sie sagen würde, was Riccarda sagen würde. Die Wiedersehensfreude. Die Umarmung. Wie die Anspannung von ihr abfiel. Wie die Sorgen verschwanden und alles wieder gut wurde.

Und nun war nichts als Leere in ihr, keine Freude, nicht einmal Erleichterung. Nichts. Sie fühlte sich wie ein Vakuum, von einer dünnen Glasschicht ummantelt, die jederzeit implodieren konnte.

»Du bist da«, sagte Annegret.

Sie wollte Riccarda umarmen, so, wie sie es sich unzählige Male vorgestellt hatte, aber da war das Baby, das Riccarda wie ein Schutzschild vor sich hielt und das sie auch nicht wecken wollte. Und da war der Ausdruck in Riccardas Gesicht, den sie nicht einordnen konnte, dieses fortwährende Sich-Umsehen, Unruhe, Hektik, Unsicherheit und auch Unwohlsein. Bei Riccarda war keine Freude erkennbar, keine Erleichterung, nicht einmal ansatzweise. Aus dem kleinen, hilflosen Bündel mit den großen blauen Augen, das Annegret vor 24 Jahren zur Welt gebracht hatte, dem übermütigen Mädchen, das lieber ein Junge sein wollte, der später trotzigen Jugendlichen war nun eine Fremde geworden. Diese Erkenntnis schmerzte. Es war, als würde sie Riccarda direkt wieder verlieren. Sie war so nah, dass Annegret nur die Hand nach ihr ausstrecken musste, und zugleich so unendlich weit entfernt.

»Sie ist zu früh geboren. Es war der Stress. Sie heißt Sofie.« Riccarda schaute sich wieder um, trat von einem Bein aufs andere, blieb aber auf der Türschwelle stehen, als hätte jemand den Oberkörper fixiert, um die Füße daran zu hindern, dem Fluchtimpuls zu folgen. »In der Decke, in die ich Sofie eingewickelt habe, sind auch alle Unterlagen. Mutterpass, Vorsorge-Untersuchungsheft,

Geburtsurkunde. Zur Sicherheit, falls du es brauchst. Hier.« Riccarda hielt den Säugling von sich.

Annegrets Arme formten sich ohne ihr bewusstes Zutun wie zu einem Nest, in das Riccarda die kleine Sofie legte. Annegret hörte ein innerliches Summen und Rauschen, als würden sich all ihre Gedanken, Hoffnungen und Ängste wie ein eingesperrter Bienenschwarm in ihrem Kopf austoben.

»Pass gut auf sie auf. Sie ist alles, was ich habe, alles, was mir etwas bedeutet. Ich zähle auf dich«, sagte Riccarda.

»Aber … ich dachte, du wärst tot.« Annegret verstand nicht. Sie begriff gar nichts mehr. Riccardas Worte, obwohl ohne Groll und Wut vorgetragen, wirkten auf sie wie Schläge. Alles, was mir etwas bedeutet, hatte Riccarda gesagt und sich damit auf Sofie bezogen. Sie, Annegret, hatte sie keinerlei Bedeutung mehr? War sie wirklich vollständig aus Riccardas Leben und Gedanken gestrichen worden?

Annegret versuchte, ihre Enttäuschung und den Schmerz, dieses gesamte Gefühlschaos beiseitezuschieben. Trauer und Enttäuschung brannten und juckten wie Rauch in ihrer Nase und ihren Augen. Sie zwang sich, klar zu denken. »Was …« Der Duft des Säuglings nach Milch, Puder und der typischen Süße eines Babys ließ Annegret die Luft anhalten. Sie hatte das Bedürfnis, sich die Nase zu putzen, all die Trauer auszuschnauben, aber da war Sofie in ihrem Arm, sodass sie mit ihren

Händen nicht an ihre Hosentasche kam. Sie wünschte sich, die Tränen wenigstens herauslassen zu können, um das Brennen zu mildern, doch selbst das Weinen funktionierte nicht. Keine einzige Träne löste sich, stattdessen war dort nur ein grauenhaftes Beißen in Augen und Nase, gemischt mit einem zunehmenden Druck. »Warum kommst du jetzt und was …«

»Bitte, stell keine Fragen. Nicht. Nicht jetzt.«

Alle Sätze, die Annegret sich in den letzten sieben Jahren für das Wiedersehen zurechtgelegt hatte, waren nun vergessen. Alles war so abstrus, so irreal, so fern.

»Aber …«

»Je weniger du weißt, umso sicherer ist es für dich. Nur eins ist wichtig: Pass gut auf Sofie auf. Ich komme wieder. Versprochen. Nur kann ich nicht sagen, wann. Mach's gut. Ich liebe dich. Doch, ja, das tue ich, wirklich. Im Grunde habe ich es immer getan. Ich hoffe, das weißt du. Das weißt du doch, Mama?« Riccarda blickte ihre Mutter eindringlich an, dann drückte sie Sofie einen Kuss auf die Stirn, drehte sich um und ging weg.

»Riccarda!« Annegret wollte rufen, aber aus ihrem Mund kam nur ein Flüstern. Sie wollte Riccarda nachlaufen, aber ihr Körper war wie gelähmt, er fühlte sich eiskalt an und taub. Das Rauschen in ihrem Kopf wurde so stark, dass sie alle Konzentration aufbringen musste, um stehen zu bleiben und Sofie nicht fallen zu lassen. Ein Kribbeln breitete sich wie schon ein paar Minuten zuvor in ihrem Körper aus. Es begann in den Händen, der Versenkung, ohne Ankündigung, ohne Erklärung. Und einfach so hatte sie sich gleich wieder aus Annegrets Leben gestohlen.

»Aber sie begreifen nichts. Ich meine die Polizei. Das Jugendamt. Es ist so fürchterlich. Es ist wie ein Reden gegen Wände. Warum haben sie denn keine Ergebnisse? Warum rufen sie nicht regelmäßig an, um mich über den Ermittlungsstand zu informieren?«

»Frau Fischer.« Annegret suchte nach den richtigen Worten, dann begann sie einfach zu sprechen, weil sie ahnte, dass es in dieser Situation keine richtigen Worte gab, genauso wie die Kategorien richtig und falsch jede Gültigkeit verloren hatten. Was sie jetzt auch tat und sagte, es konnte nicht richtig sein. Aber es war auch einer der Momente, in denen das keine Rolle mehr spielte. Ihre Arbeit für den Verein erschien ihr plötzlich so unwichtig und lächerlich, ein Tropfen auf den heißen Stein. Und dann war dort Sofie in ihrem Arm und die Gedanken an Riccarda rotierten in ihrem Innern.

»Es tut mir leid, dass Sie extra gekommen sind, Frau Fischer. Aber ich kann gerade nicht. Es ist ganz schlecht. Ihre Nummer habe ich ja, ich rufe Sie an. Ich melde mich. Aber jetzt – ich kann nicht.« Annegret ging ins Haus und schlug die Haustür von innen zu. Sie wollte gern etwas erklären, besänftigen, sich entschuldigen, aber sie wusste, dass sie es gerade nicht konnte. Das Poltern an der Tür ignorierte sie wie auch das Klingeln. Vorsichtig legte sie den kleinen Körper – Sofie, sagte sie

16

sich, sie heißt Sofie – auf den Esstisch. Noch war der Säugling zu jung, um sich zu drehen und herunterzufallen. Doch zur Sicherheit hielt sie ihre linke Hand über die Beine, während sie mit der rechten nach dem Telefon griff. Vier Anläufe brauchte sie, um die eingespeicherte Nummer von Noack zu wählen. Sieben Mal tutete es, bevor der Kommissar dranging.

»Ich bin es, Annegret Wiesel«, meldete sie sich und merkte, wie ihre Gedanken klarer flossen, wie die Vergegenwärtigung seiner Existenz ihr half. Es gab jemanden in all dem Chaos, der zuhörte, da war, der immer logisch denken konnte, was für Katastrophen um ihn herum auch passierten. »Gerade stand Riccarda vor der Tür. Nach all den Jahren war sie plötzlich da, können Sie sich das vorstellen? Als wäre gar nichts geschehen. Als wäre sie gar nicht verschwunden gewesen, sondern nur einkaufen. Sie hat mir einen Säugling in die Hand gedrückt. Dann war sie schon wieder weg. Bitte, Sie müssen mir helfen! Sie müssen alles in Bewegung setzen, um sie zu finden. Sie zur Fahndung ausschreiben. Sie ist hier in der Stadt. Kann noch nicht weit weg sein.«

»Frau Wiesel, beruhigen Sie sich. Erzählen Sie der Reihe nach, was passiert ist.«

Immer hatte Annegret es als eine Selbstverständlichkeit betrachtet, dass sie sich siezten, obwohl sie sich nun schon sieben Jahre kannten, seit Riccarda verschwunden war. Obwohl sie vor sechs Jahren gemeinsam den Verein »Schattenkinder« gegründet hatten, sich mindestens einmal in der Woche trafen, obwohl Noack und sie wie Seelenverwandte waren, sie mit ihrer Sorge um Riccarda, er mit dem Kampf um seine verschwundene Tochter Kate – trotz allem hatte keiner dem anderen das Du angeboten. Sie wusste, was er fühlte, genauso wie er spürte, was in ihr vorging. Nun kam ihr das Gesieze lächerlich vor. Warum hatten sie es nicht schon längst abgestellt?

»Steffen, lass das! Riccarda war da. Hörst du? Sie war da! Riccarda! Jetzt, gerade eben. An meiner Haustür. Und sie ist wieder weg. Du musst kommen. Sofort.«

»Bleib da. Geh nicht weg. Bin in zehn Minuten da.«

# Kapitel 2

So viel war geschehen, dass Riccarda gar nicht mitbekommen hatte, wie es Herbst geworden war.
Und schon wieder wurde es Abend, ein weiterer
Tag ging vorbei. Die Sonne senkte sich hinter den
Baumwipfeln. Sofort wurde es kälter um sie herum und
es war, als würden die Bäume des Waldes Feuchtigkeit
atmen. Nebel breitete sich aus und ließ sie die kühle
Feuchte durch die Kleidung bis auf die Haut spüren.
Riccarda umklammerte mit ihren Armen ihren Oberkörper. Die bunte Blätterpracht um sie herum war bald
nur noch in Grautönen wahrnehmbar, dann war sie von
Dunkelheit umgeben, die sich bei genauem Hinsehen in
verschiedene Graustufen unterteilen ließ. Riccarda sah
auf die Uhr: erst kurz nach halb sieben. So früh und
schon so dunkel. Es schien ihr wie gestern, dass sie mit
Nils zusammen die Sommerabende auf der Terrasse verbracht hatte – bei Kerzenlicht, eine Wolldecke über die
Schultern gelegt, er ein Glas Rotwein vor sich, sie einen
Tee, um dem Baby nicht zu schaden. Gleichzeitig hatte
sich ihr Leben seitdem so sehr geändert, dass diese Idylle

in weite Ferne gerückt war, sie sich gefühlte Lichtjahre von der Altbauwohnung entfernt hatte, von der Vorstellung einer heilen Familie. Es hatte wohl nicht sein sollen. Inzwischen kamen ihr Nils' Pläne nur noch wie der verzweifelte Versuch eines Vater-Mutter-Kind-Spiels vor, wie etwas, das Kindergartenkinder unbedarft aufführen, wenn sie in ausrangierten Töpfen Grassuppe kochen und auf Puppenteller füllen.

Riccarda keuchte bei der Steigung. Sie brauchte die Trinkflasche aus dem Rucksack gar nicht hervorzuziehen, denn die war schon seit ungefähr zwei Stunden leer. Die Bergpfade an den Rheinhöhen waren viel steiler und schwerer zu passieren, als sie es erwartet hatte. Immer ging es abwechselnd bergauf und bergab. Immer wenn sie das alte Klostergemäuer von einem Gipfel aus in der Ferne erkennen konnte, stellte sie fest, dass noch ein weiterer Talkessel zwischen ihnen lag.

Dass es nun wieder abwärts ging, war keine Erleichterung, im Gegenteil. Hinter der Kuppe schluckten die dicht stehenden Bäume den Rest des verbliebenen Tageslichts. Der Weg verwandelte sich in einen schlammigen Pfad, der ihr bei jedem Schritt die volle Konzentration abforderte. Es roch nach Pilzen und altem Laub, das Ablösen ihrer Sohlen vom Boden war mit einem schmatzenden Geräusch verbunden. Sie merkte, wie sich die Nässe von den Zehen ausgehend immer weiter ausbreitete. Die Turnschuhe waren für so eine Tour alles andere als geeignet. Es dauerte nicht lange, bis auch die

Socken vollständig nass waren. Sie schob die Gedanken an Nils beiseite, zwang ihre Konzentration auf den Untergrund unter ihren Sohlen. Jetzt nur nicht ausrutschen! Wenn sie verletzt liegen blieb, würde sie möglicherweise erst Tage später gefunden werden, wenn sie längst verdurstet oder erfroren war. Es spielte nun keine Rolle mehr, was Nils wollte, welche Pläne er für die kleine Familie geschmiedet hatte. Es würde niemals eine Familie geben. Es würde gar nichts Gemeinsames mehr geben, weil er nicht aufhören konnte, sie unter Druck zu setzen, bei ihm zu bleiben und ihn zu heiraten. Für sie war das nicht einfach nur eine Zeremonie. Es ging um einen Lebensentwurf, sein Bild von der Frau an seiner Seite, dem sie niemals entsprechen könnte. Sie war nicht so, wie er glaubte. Manchmal schaffte sie es einfach nicht, Nähe zu ertragen. Und er verstand nicht, was sie meinte, wenn sie ihm das sagte.

Sie war – Riccarda schrie auf. Der Schmerz im Fuß ließ sie zu Boden sinken. Laut fluchend stützte sie sich an einem Baumstamm ab und zog sich hoch. Nun war es doch passiert. Dieses verdammte Laub! Und ihre verdammten Gedanken, die doch immer wieder zu Nils zurückkehrten, obwohl es vorbei war zwischen ihnen. Sie wollte nicht, kein Heile-Welt-Spiel. Punkt. Sie wollte mit Sofie zusammen irgendwo neu beginnen, ein eigenes Auskommen haben, eine Wohnung, eine Arbeit. War das denn zu viel verlangt? Ein einfacher, langweiliger Alltag und abends bei einem Glas Rotwein fernsehen, vielleicht mit einer Katze oder einem Hund auf den Füßen. Mit irgendetwas Warmem, Weichem, das Ruhe ausstrahlte.

Vorsichtig befühlte Riccarda ihren Knöchel. Der Schmerz ließ schnell nach. Sie atmete auf. Es schien nichts gebrochen oder gerissen zu sein, keine ernsthafte Verletzung. Sie straffte die Schultern und machte sich wieder auf den Weg. Bald würde es vollständig dunkel sein, die Nacht die letzten Grautöne schlucken. Das Johanneskloster befand sich nun wirklich direkt hinter der nächsten Anhöhe. Das würde sie schaffen. Riccarda überprüfte den Akku ihres Handys. Er war noch zu achtzig Prozent geladen, genug, um zur Not die Taschenlampenfunktion zu nutzen. Nur der Mobilfunkempfang zeigte keinen einzigen Balken an. Zum Glück hatte sie sich nicht ernsthaft verletzt. Wer hier in Not geriet und um Hilfe rief, konnte sich die Seele aus dem Leib brüllen, ohne dass es jemand hörte. Und bei ihrer durchnässten Kleidung und der Geschwindigkeit, mit der es seit dem Sonnenuntergang abkühlte, war es durchaus möglich, nachts zu erfrieren.

Riccarda nahm zwei Stöcke vom Wegesrand zu Hilfe, um schneller voranzukommen und trittsicherer zu sein. Sie verringerte ihr Tempo auch nicht, als ihre Lunge brannte und der Durst einen pappigen Geschmack im Mund entstehen ließ. Bald musste sie einen Stock aus der Hand legen, um die Handytaschenlampe nutzen zu können. Rechts und links von ihr knackte und raschelte es. Es fiepte und grunzte. Das Rauschen des Windes war wie ein Flüstern. Ein leises Prasseln entwickelte sich über ihr von den Feuchtigkeitstropfen, die die Blätter herabrannen und auf dem Weg oder auf ihrem Gesicht aufschlugen.

Endlich sah sie zwischen den Bäumen etwas Helligkeit hindurchschimmern. Das Kloster! Das Gebäude war von meterdicken Mauern umgeben, so hoch, dass aus der Nähe das innere Licht nicht mehr zu sehen war. Nun wirkte das Kloster wie eine uneinnehmbare Festung, die sich gegen alles Äußere abschottete. Ein dickes Holztor mit Eisenbeschlägen versperrte den Weg. Riccarda klopfte dagegen und rief. Als niemand reagierte, suchte sie eine Glocke oder Klingel. Auch die gab es nicht. Auf Besucher schienen die Mönche nicht eingestellt zu sein. Neun Männer waren es, wie Riccarda im Internet erfahren hatte, übrig geblieben von den ehemals über hundert Ordensmitgliedern. Seit einem Jahr schon hatte sie vor, sich mit dem Abt über den PFAD INS LICHT zu unterhalten, hatten die Mönche durch ihre Sektenberatungsstelle doch besten Einblick in das Treiben des »Verlags mit Seminarangebot«, wie er sich nannte. Durch ihre Beratungsstelle wussten die Mönche wahrscheinlich mehr als Riccarda selbst, die nur eine Betroffene von vielen war. Für ihr Buchprojekt brauchte sie aber die Namen und Kontaktdaten anderer Aussteiger, konnte sich nicht nur auf ihre eigenen Erlebnisse berufen, sondern musste ein weitergehendes Band spannen. Sie schüttelte den Kopf bei dem Begriff »Sekte«. Die Mitglieder von PFAD INS LICHT spotteten über diese Bezeichnung und auch Riccarda verwendete dieses Wort niemals in ihren Zeitungsartikeln und auch nicht in ihrem Buchmanuskript über die Machenschaften der Organisation. Das lag nicht daran, dass sie Angst hatte, verklagt oder bedroht zu werden. Furcht kannte sie nicht mehr, das hatte sie sich abgewöhnt. Die Bezeichnung passte einfach nicht. Der PFAD INS LICHT war viel mehr als ein Glaubenssystem. In erster Linie war er ein Großkonzern, der Geld zur Seite schaffte, wie ihr klar geworden war. Und sie ahnte, dass es noch weit darüber hinausging, doch Genaueres würde sie erst im Gespräch mit den Mönchen erfahren. Möglicherweise waren die Gründer auch Verbrecher, denen ein Menschenleben weniger wert war als ein Becher Kaffee aus dem Automaten. Sie umschlang ihren Oberkörper mit ihren Armen. Diese Kälte! Dieser Nebel, der ihr bis in die Knochen kroch! Die Mönche machten es ihr wirklich nicht leicht. Erst weigerten sie sich, am Telefon mit ihr zu sprechen, und meinten, sie müsse schon persönlich kommen. Und nun, da sie da war, blieb ihr der Weg ins Innere versperrt. Riccarda leuchtete mit ihrem Handy das Tor entlang und suchte die Mauer ab.

Nichts. Kein Einstieg, keine Klingel, nicht einmal ein Fenster. Wenigstens tauchte ein Empfangsbalken vom Mobilfunknetz auf, so wählte sie die eingespeicherte Nummer. Da niemand abhob, blieb ihr nichts

anderes übrig, als eine Nachricht auf dem Anrufbeant-
worter zu hinterlassen und weiter zu warten. Schon
stellte sie sich gedanklich darauf ein, die Nacht im
Windschatten der Mauern zu verbringen, mit einem
Dach aus Tannenzweigen und Blättern über sich, um
der Kälte zumindest etwas zu trotzen. Doch nur wenige
Minuten nach ihrem Telefonat hörte sie, wie hinter den
Mauern eine Tür zuschlug, wie sich Schritte näherten.
Kies knirschte. Das massive Holztor klackte, rappelte,
knarrte und öffnete sich.

»Hallo, hier bin ich!«, rief sie.

»Frau Wiesel?«

»Ja.«

Mit einem scharrenden Geräusch schleifte das Tor
beim Öffnen über den Boden und öffnete sich dann
vollständig. Helligkeit drang nun von innen nach außen,
ein so angenehm gelblicher Schein, dass Riccardas Frie-
ren weniger wurde.

»Ich bin Frater Andreas. Wir haben Sie viel eher
erwartet und dachten schon, Sie kommen nicht mehr.
Der Tisch ist für Sie mitgedeckt. Heute sind wir dann
vierzehn mit den vier anderen Gästen. Junge Leute wie
Sie. Sie werden sich bestimmt verstehen. Hier entlang.«

Riccarda folgte dem Abt ins Gebäude. Mit jedem
Schritt spürte sie die Müdigkeit stärker, die sie die letzten Stunden verdrängt hatte. Auch begann ihr rechter
Knöchel wieder zu schmerzen, intensiver als zuvor. Sie
versuchte, nur mit der Fußspitze aufzutreten, dann

wurde es etwas besser. Der Rand des Turnschuhs schnitt jedoch wegen der Schwellung des Knöchels in die Haut ein. Damit wollte sie sich jetzt aber nicht aufhalten. Sie tastete nach dem Notizblock in ihrer Jackentasche, auf dem sie die Fragen notiert hatte. Zeit, um sich auszuruhen, zu duschen, sich umzuziehen und den Knöchel zu versorgen, würde sie später noch zur Genüge haben. Zuerst einmal wollte sie Antworten. Deswegen war sie gekommen.

Schon in der Halle hinter der Pforte wehte ihr der Geruch nach gebratenen Zwiebeln und zerlaufenem Käse entgegen. Ihr Magen knurrte laut.

»Hier geht es zum Tisch«, sagte Frater Andreas, der wegen der mehr als aufdringlichen Magengeräusche keine Miene verzog, als würde er davon nichts bemerken. Riccarda überlegte, wann sie zuletzt etwas gegessen hatte. Die Kartoffelsuppe vorgestern zum Mittagessen im Krankenhaus hatte sie stehen gelassen – zu angespannt war sie vor Sofies Abschlussuntersuchung gewesen, ob die Werte nach der Neugeborenengelbsucht wieder im grünen Bereich sein würden. Denn ohne Sofie wäre sie nicht gegangen. Lieber eine nervige Zimmernachbarin ertragen, als Sofie in der Klinik allein lassen. Nun musste Sofie zwar auch ohne ihre Mutter sein, aber immerhin war sie nicht bei Fremden, sondern bei Annegret. Seit der Krankenhausentlassung war sie zu beschäftigt gewesen, um etwas Essbares zu kaufen.

»Das ist Riccarda Wiesel, eine begabte Journalistin und Autorin«, sagte der Abt. »Darf ich bekannt machen?«

Riccarda merkte, wie ihr die Hitze ins Gesicht stieg. So war sie noch von niemandem vorgestellt worden. Autorin? War sie das? Journalistin? Ihr Hals wurde eng. Sie hatte es sein wollen, kam sich aber wie eine Verlorene vor, die sich von einem Tag zum anderen hangelte, versuchte zu überleben, irgendwie, ohne System und Plan. Dafür schrieb sie Artikel, wenn es sich ergab, weil sie sich verkauften. Sie hatte einen Buchvertrag unterschrieben, weil er ihr angeboten worden war. Aber war sie Autorin? Die junge Frau am Tisch fiel ihr besonders ins Auge: Kate. Zierlich, mit langen, dunkelbraunen Locken, erinnerte sie mehr an eine Märchenfigur als an ein reales Wesen. Doch das schien ihr nicht bewusst zu sein, verbargen ihr Schlabberpulli und ihre Wollmütze doch mehr von ihr, als sie zeigten.

Sie nickte den anderen Mönchen und den vier Gästen zu. Die jungen Leute reagierten reserviert, blickten sie nicht einmal direkt an, als wäre sie ein Eindringling oder als ginge eine Gefahr von ihr aus. Die Mönche dagegen grüßten freundlich zurück, fragten, wie der Weg hierher gewesen sei, boten an, ihr vor dem Essen noch das Badezimmer zu zeigen. Riccarda lehnte dankend ab. Sie setzte sich und nahm dankbar die dampfenden Schüsseln entgegen. Es gab Salat, Kartoffelgratin, Lammfleisch und Gemüse. So fürstlich hatte sie seit

Monaten nicht mehr gegessen. Beiläufig musterte Riccarda die anderen Gäste. Die vier jungen Erwachsenen wirkten in ihrer Schlaksigkeit fast wie Pubertierende, doch in ihren Gesichtern spiegelten sich ein Misstrauen und ein Schmerz, die zeigten, dass sie es alles andere als leicht im Leben hatten. Ihre Kleidung war gepflegt und sauber, trotzdem wurde bei genauerem Hinsehen deutlich, wie es wirklich um sie bestellt war. Auf der Hose des Mädchens war an einem Knie ein Flicken angebracht, befestigt mit einem üblichen Bürotacker. Der Pullover des blonden großen Jungen hatte viel zu kurze Ärmel, die er ununterbrochen nach oben schob, weil die Bündchen ausgeleiert waren und immer verrutschten. Keiner der vier erwiderte Riccardas Blick, auch nach ein paar Minuten nicht.

»Ich bin Riccarda«, erklärte sie noch einmal, obwohl sie einander schon vorgestellt worden waren, nur um irgendetwas zu sagen. Sie wartete. Und als keiner der vier antwortete, fragte sie: »Und wie sind eure Namen noch mal? Ich konnte sie mir nicht merken.«

»Egal«, sagte der Braunhaarige, der etwas fülliger war.

»Kate, eigentlich Katharina. Aber bleiben wir lieber bei Kate. Das klingt nicht so spießig.« Das Mädchen sah auf. »Meine Freunde: Paul« – sie zeigte auf den Blonden, Langen, Dünnen. »Mika« – sie nickte dem Braunhaarigen zu. »Nimm es nicht persönlich, wenn er dich ignoriert. Ihm ist sowieso alles egal.«

»Halt's Maul.«

»Hey«, rief einer der Mönche. »Ihr dürft hier übernachten, so war es abgesprochen. Aber so etwas dulden wir hier nicht.«

»Ist doch egal. Aber gut. Ey, schon gut, war nicht so gemeint. Gut. Sorry. Wirklich, ja, sorry. Tut mir leid. Kommt nicht noch mal vor.«

»Und das ist Ben.«

Riccarda sah Ben an, der direkt wieder wegblickte. Sie fand, dass er in der Art, wie er gemächlich aß, wie er in sich zu ruhen schien, fast einer der Mönche hätte sein können. Es gab Menschen, bei denen hatte man das Gefühl, sie könnten einem in die Seele sehen, wären ganz präsent, würden einen zum ersten Mal richtig wahrnehmen. Das geschah selten, aber Ben war so jemand. Riccarda mochte ihn, wie ihr auch Kate sympathisch war. Sie fragte sich, wie viel jünger als sie Ben war. Nicht viel auf jeden Fall, vielleicht drei oder vier Jahre.

Riccarda zwang sich, ihre Ungeduld zu zügeln. Auch wenn sie die Sache mit ihrem Buch so schnell wie möglich abschließen und mit Sofie ein ruhiges Leben führen wollte, war jetzt nicht der richtige Zeitpunkt, um über den PFAD INS LICHT zu sprechen. Menschen müssen auch mal essen, sagte sie sich, auch wenn sie selbst es oft vergaß und ihren Hunger meistens gar nicht mehr wahrnahm. Außerdem war sie hier sicher. Niemand vermutete sie hier, da kam es auf ein oder zwei Stunden nicht an.

Sie tat sich noch mehr von dem Kartoffelgratin auf und begann zu essen. Doch anstatt dass sich durch die Mahlzeit Wärme in ihr ausbreitete, spürte sie nur die Kälte intensiver, die von ihren nassen Turnschuhen ausging. Auch wenn der Raum geheizt wurde und in der Ecke im offenen Kamin ein Feuer prasselte, war es in Bodenhöhe kalt und zugig. In Kopfhöhe dagegen war es eher zu warm. Die Temperaturunterschiede innerhalb des Raumes waren enorm. Nun merkte sie, dass nicht nur die Schuhe, sondern auch ihre Hose bis zu den Knien durchweicht war. Die Kälte unter dem Tisch war so intensiv, dass es ihr nicht gelang, sich auf die Gespräche zu konzentrieren. Die Nervosität, an die sie sich längst gewöhnt hatte, wurde in so einer Situation übermächtig.

Kate plauderte mit Ben darüber, ob sie nach Spanien trampen oder sich eher in Deutschland ein Winterquartier suchen wollten. In Spanien war es wärmer, das Leben dadurch leichter, hier hatten sie mehr Freunde und damit Unterstützung, auch die Möglichkeit, mal hier und mal dort auf einem Sofa zu übernachten. Riccarda zwang sich, mit dem Fingerknacken aufzuhören, das Besteck zu nehmen und langsam weiterzuessen. Dann stand sie auf. Sie musste allein sein, wenigstens für ein paar Minuten, um sich zu beruhigen. Wann es angefangen hatte, wusste sie gar nicht mehr, so sehr hatte sie sich daran gewöhnt, dass ihr Inneres wie eine geschlossene Colaflasche war, die jemand zu stark geschüttelt hatte und bei der das äußere Plastik schon porös wurde.

»Ich will das Beisammensein nicht stören, aber könnten Sie mir kurz erklären, wie ich zu meinem Zimmer finde, um mich umzuziehen?«, fragte sie.

Der Abt nickte freundlich und stand auf.

»Nein, das ist nicht nötig.« Riccarda schüttelte den Kopf. Sie wollte nicht stören und nicht viel Aufhebens darum machen. »Wirklich nicht. Ich finde es bestimmt allein, wenn Sie es mir kurz erklären. In fünf Minuten bin ich wieder zurück.« Ihr war es schon unangenehm genug, dass sie so eine Mahlzeit geschenkt bekam, freundlich aufgenommen wurde wie ein Familienmitglied, dass es hier niemanden gab, der etwas von ihr forderte oder wünschte, und es auf der anderen Seite nichts gab, was sie als Gegenleistung anbieten konnte.

»Die Treppe hoch in den dritten Stock und dann die zweite Tür rechts. Es ist nur eine kleine bescheidene Kammer, aber gemütlich. Es gibt einen Gasofen für die Nacht. Wir haben das Bett schon bezogen, die Tür steht offen«, sagte der Abt.

Riccarda bedankte sich und stand eilig auf. An der Tür blieb sie kurz stehen, weil sie glaubte, ein Knacken und ein Flüstern gehört zu haben. Doch dann war im Flur alles wieder vollständig still, nur aus dem Speisesaal erklang Tellerklappern gemischt mit leiser Unterhaltung. Sie tastete an der Wand nach einem Lichtschalter, fand jedoch keinen. Riccarda ging weiter in die Dunkelheit, dorthin, wo sie bei ihrer Ankunft das Treppenhaus gesehen hatte. Mit ihren Fingern fuhr sie die Wand entlang, fühlte den rauen Putz, der ihre Fingerkuppen beim Entlanggleiten hüpfen ließ. Auch bei den nächsten Türen gab es nichts an der Wand, was ein Lichtschalter hätte sein können. Doch nun reichte der Schein aus der Küche aus, um die Konturen der Stufen problemlos zu erkennen. Beeindruckt von der Weite des Treppenaufgangs, der an ein Schloss erinnerte mit den Säulen, die das Geländer hielten, blieb Riccarda stehen. Sie hatte dieses Gefühl schon einmal erlebt: als Kind am Meer, als ihre Eltern noch nicht geschieden waren. Sie hatte im Strandkorb gesessen und den Wellen gelauscht, diesem unendlichen Kommen und Gehen, das alles andere auslöschte. Hier in diesem Treppenhaus war es wieder so: Nun waren es nicht die Wellen wie damals, sondern das Gewölbe, das sie umschloss, das alle anderen Gedanken beiseiteschob und ihr ein Gefühl von Sicherheit gab. All die Jahrhunderte, die dieses Gemäuer schon überstanden hatte und noch überstehen würde, ließen alles andere dagegen klein erscheinen. Sie schloss die Augen und ließ sich auf einer Treppenstufe nieder. Selbst die Gedanken an Sofie rückten in den Hintergrund und auch gleichzeitig all die Drohungen von Anja und denjenigen, die nicht einmal ihre Namen nannten. Nein, niemand würde sie hier finden. Niemand würde sie töten. Sie würde aus diesem Kampf als Siegerin hervorgehen. Alles war geplant. Fest presste sie die Fäuste gegen die Augenhöhlen. Vor ihren Augen tauchten Lichtblitze auf. Sie erhöhte den Druck der Fäuste, bis die Blitze konkrete Formen annahmen. Vierecke, Kreise, Dreiecke zogen vorbei, doch heute ergaben sie keinen Sinn. Manchmal sah sie konkrete Gegenstände auftauchen, doch nicht immer. Nur kurz innehalten, nur ein paar Minuten, sagte sie sich. Dann ließ sie ihre Arme sinken und nahm die Umgebung wieder wahr. Die Unruhe war verschwunden, die Nervosität vollständig weg. Gleichzeitig spürte sie die Feuchtigkeit und Kälte an Füßen und Beinen, auch das Stechen in ihrem rechten Knöchel, der anscheinend doch stärker verletzt war, als sie sich anfangs hatte eingestehen wollen. Vorsichtig tastete sie das Bein abwärts. Auch ohne Licht war mehr als deutlich, dass sich eine Schwellung bildete. Das Gewebe fühlte sich weich und schwabbelig an. Jede Berührung schmerzte. Gebrochen war der Knöchel nicht, das wusste sie, sonst hätte sie den Fuß gar nicht bewegen können, aber auch auf eine Verstauchung konnte sie verzichten. Selbst im Treppenhaus war der Essensgeruch noch so intensiv, dass sie nun, mit dem Nachlassen der inneren Unruhe, auch merkte, wie hungrig sie noch war.

Sie wollte gerade weitergehen, als sie wieder ein Knacken hörte, doch nun wurde ihr klar, dass es Schrittgeräusche waren. Schritte von mehr als einer Person. Schwere, lange Schritte. Männer. Ohne nachzudenken, presste sie sich an die Wand, bis ihr Schatten vollständig mit dem einer Säule verschmolz. Kühl drückten die

Mauersteine in ihren Rücken. Lichter von Taschenlampen blitzten auf, zuckten neben ihr, über ihr, knapp an ihr vorbei und verschwanden wieder. Riccarda hatte keine Zweifel: Wer auch immer sie waren, sie gehörten nicht hierher. Sie hatten keine guten Absichten. Es war, als wäre die Luft elektrisch aufgeladen, als würde man im Winter mitten unter einer Hochspannungsleitung stehen. Sie presste sich noch dichter an die Wand.

Ein Schuss erklang, zerriss die Stille. Dann ein Aufschreien. Nach einer kurzen Pause weitere Schüsse, so viele, dass sie nicht mehr zählbar waren. Durch die offene Bauweise und die hohen Decken war es, als käme das Knallen aus allen Richtungen gleichzeitig, als stünde sie inmitten von Explosionen.

Es war so schnell vorbei, wie es begonnen hatte. Die Stille, die folgte, war genauso intensiv wie der vorhergehende Lärm. Ihr eigener Atem und das Rauschen des Blutes in ihren Ohren kamen ihr überlaut vor.

»Das war's«, hörte sie eine Stimme sagen, die sie irgendwoher kannte, ohne sich konkret erinnern zu können. »Schafft die Leichen in den Keller. Da bleiben sie. Vorerst jedenfalls. Na, dann – essen wir, ist ja genug da. Für den Abtransport sind wir nicht mehr verantwortlich. Und mach noch ein Foto von dem Mädchen. Wir haben sie, darauf kommt es an. Die anderen hatten halt Pech, dass sie sich mit ihr abgegeben haben. Also los. Mach die Bilder. Sonst kriegen wir unser Geld nicht.«

»Aber das Gesicht. So ein Mist. Da ist doch so nichts zu erkennen bei dem ganzen Blut. Soll ich sie vorher abwaschen?«

»Quatsch nicht, mach das Foto!«

# Kapitel 3

A nnegret?«, klang es anstelle einer Begrüßung aus dem Telefon. Sie erkannte die Stimme sofort. Es war Steffen Noack.

»Warte mal kurz.« Annegret klemmte den Hörer zwischen Kinn und Schulter, um beide Hände für Sofie frei zu haben. So konnte sie der Kleinen gleichzeitig das Fläschchen weiterfüttern und telefonieren, wenigstens theoretisch. In der Praxis sah es anders aus. Sofie warf unruhig ihren Kopf von einer Seite auf die andere, sodass der Sauger abwechselnd ihre Wangen berührte, sie ihn aber nicht mit dem Mund zu fassen bekam. Sofie war wie ein Seismograph, sie spürte jede Unruhe oder Verunsicherung von Annegret und reagierte darauf.

»Steffen, es tut mir leid. Wenn es um die nächste Vereinssitzung geht: Regle du das. Entscheide du, was geplant werden muss, ich stehe vollständig hinter dir, das weißt du. Guck einfach, wie wir die Sache mit den öffentlichen Fördergeldern geregelt kriegen. Und als Schatzmeister wird sich auch jemand finden, der dich entlastet. Es geht gerade ganz schlecht. Sofie …« Annegret stellte die Flasche ab, setzte sich und hielt das Telefon nun wieder mit einer Hand ans Ohr. Das waren die Momente, die ihr zeigten, dass sie älter geworden war. Bei Riccarda damals war es ihr leichtgefallen, gleichzeitig zu telefonieren und das Baby zu füttern, obwohl die Hörer bei den Geräten deutlich schwerer und unhandlicher gewesen waren als die Mobilteile heute und sie bei einem Raumwechsel früher immer den gesamten Apparat, diesen schwarzen Kasten mit Wählscheibe, mitnehmen musste. Vieles hatte sich früher einfach so ergeben, das gleichzeitige Telefonieren und Füttern, Wickeln und dabei kochen, Lieder singen und Einkaufslisten schreiben – es war alles kein Problem gewesen. Wenn sie nun dagegen darauf wartete, dass sich irgendetwas von selbst ergab, war sie verloren. Sie musste ihre Kräfte bewusst einteilen, sonst funktionierte gar nichts. Ihr Rücken schmerzte bereits vom nächtlichen Herumtragen, eine Zwangshaltung – wie ein eingeklemmtes Telefon an der Schulter – ließ das leichte Stechen in der Wirbelsäule zu einem unerträglichen Hämmern anwachsen. Und wenn das Füttern jetzt nicht klappte, würde Sofie wieder nicht schlafen, sondern völlig aufdrehen. Doch all die Beschwerlichkeiten lagen nicht allein an ihr, dem zunehmendem Alter und der fehlenden Übung. Sofie war auch noch ein schwieriges Baby. Hypersensibel, übermäßig leicht störbar und ablenkbar. Schon das Knarzen von Annegrets Schritten auf dem Flur weckte sie wieder. Wenn Sofie schlief, musste alles vollständig ruhig sein, ebenso, wenn sie trank. Gleichzeitiges Telefonieren war eine Utopie.

»Okay, ich komme bei dir vorbei«, sagte Steffen.

»Nein. Das passt gar nicht. Ich rufe dich später an, wenn es besser ist.« Annegret ahnte, dass das in absehbarer Zeit nicht eintreten würde, wenn Riccarda nicht endlich wiederkam. Nie gab es wirklich eine Pause, seit Sofie bei ihr lebte. Wenn die Kleine trank oder schlief, brauchte sie absolute Ruhe. Wenn sie wach war, konnte Annegret Sofie nicht eine Sekunde ablegen, ohne dass das Baby zu schreien begann. Sofie schrie sowieso viel, als würde sie nicht nur ihre Mutter vermissen, sondern das gesamte Leid der Welt anprangern.

Sofie fing wieder an zu weinen. Das Telefonat hatte das Trinken gestört. Nun wurde sie langsam zu müde zum Saugen, war aber trotzdem hungrig und überdreht – an Schlaf war also nicht zu denken. Annegret unterdrückte einen Fluch. Wenn doch nur jemand käme und ihr erklärte, wie sie es schaffen sollte, aus all diesen Teufelskreisen auszusteigen!

Am anderen Ende der Leitung sagte Steffen etwas, was sie wegen Sofies Geschrei aber nicht mehr verstand.

»Tut mir leid, Steffen. Ich kann nicht zur Sitzung. Ich lege auf.« Sie lagerte Sofie um, mit dem kleinen Oberkörper über ihre Schulter, sodass der Babykopf ein Stück weit den Rücken herabhing. Wenn sie sich mit dem Säugling im Spiegel betrachtete, sah es völlig unbequem aus. Drückte die Schulter nicht zu stark auf

Sofies Bauch? Doch Sofie genoss es, auf diese Weise getragen zu werden, am liebsten durchs Treppenhaus. Die wippende Bewegung beim Treppensteigen war das Einzige, was auf Sofie eine beruhigende Wirkung hatte. Ruhiges Zureden half gar nicht, Singen regte Sofie nur noch mehr auf. Und Sofie zu ignorieren, das schreiende Bündel einfach abzulegen und selbst aus dem Raum zu gehen, das brachte Annegret nicht über sich. Lieber ignorierte sie den Muskelkater in ihren Beinen und die Verspannungen im Oberkörper und lief mit wippenden Schritten die Treppe zum Schlafzimmer hoch und wieder runter, hoch, runter, hoch runter, immer weiter, bis das Schreien in ein Schluchzen überging und dann mit einem Seufzer verstummte. Dann ging Annegret noch etwas im Schlafzimmer auf und ab, bis sie es wagen konnte, Sofie vorsichtig ins Bett zu legen.

Gerade als Annegret ihre Hände vom Babykörper lösen wollte, klingelte es. Sofort war Sofie wieder hellwach, die Arbeit der letzten Stunde dahin. Annegret nahm Sofie aus dem Bettchen und ging zur Tür. Durch den Glaseinsatz erkannte sie im Gegenlicht Steffen, dessen Profil sie jedes Mal an Karl Marx erinnerte mit seinen kinnlangen Haaren und dem fülligen Bart. Annegret öffnete.

»Ach, Steffen.« Sie schämte sich vor ihm in ihrem mit Milchflecken bekleckerten Morgenmantel, den dunklen Ringen unter den Augen und ihren ungewaschenen Haaren, die sich durch das Schwitzen beim dauernden Treppensteigen kringelten und vom Kopf abstanden.

Was er zu ihr sagte, hörte sie wieder nicht, zu laut war Sofies Geschrei.

»Was hast du gesagt?«, fragte sie.

Dann geschah etwas völlig Unerwartetes: Sofie war plötzlich still, ihr Weinen wie mit einem Schalter abgedreht. Sie blickte Steffen an, lächelte.

»Ja, wen haben wir denn da?«, fragte Steffen. »Darf ich mal?« Er streckte seine Hände in Richtung Sofie aus.

»Gern.« Annegret gab ihm das Baby, das noch immer lächelte. »Hast du sie hypnotisiert?« Sie schob ihren Missmut beiseite, dass Steffen es so einfach schaffte, mit Sofie in Verbindung zu treten, was ihr erst nach langer Mühe und manchmal auch gar nicht gelang.

»Lass uns reingehen. Machst du uns einen Kaffee? Es ist besser, wenn wir uns setzen«, sagte Steffen.

Annegret nickte. »Du hättest wirklich nicht zu kommen brauchen wegen dieser Vereinssache. Wie gesagt, ich unterstütze, was du für richtig hältst.«

Sie ging in die Küche und befüllte die Kaffeemaschine. Neben dem Rauschen und Gluckern wartete sie jeden Moment darauf, dass aus dem Wohnzimmer wieder Sofies Weinen erklang, doch das geschah nicht. Stattdessen hörte sie, wie Steffen »Der Mond ist aufgegangen« summte. So liebevoll kannte sie ihn gar nicht, hatte sie ihn doch bisher eher pragmatisch und rational erlebt. Mochte ihm widerfahren, was andere zusammen-

40

brechen ließ, oder warf man ihm sonst was an den Kopf – Steffen blieb ruhig, gelassen und konstruktiv, aber auch nüchtern und ein Stück weit unnahbar, immer professionell. Zum ersten Mal konnte sich Annegret vorstellen, was für ein wunderbarer Vater er gewesen sein musste. Wie war es möglich, dass seine Tochter trotz allem weggelaufen war? Annegret verstand das nicht. Sie wusste, dass sie es nie verstehen würde. Mit dem gefüllten Tablett schlich sie ins Wohnzimmer. Leise stellte sie das Geschirr auf dem Wohnzimmertisch ab, verteilte Tassen und Löffel, schenkte Steffen ein, tat für ihn Milch und Zucker dazu, viel von beidem, wie er es gern mochte.

»Sie ist noch immer ruhig.« Annegret konnte es nicht fassen. »Dieses Schreien, ich weiß nicht, wie lange ich das noch aushalte. Ich komme zu gar nichts mehr.« Sie sah auf die Uhr. Schon zwei Uhr am Nachmittag. »Das hier ist mein Frühstück. Von ein paar ruhigen Minuten allein im Badezimmer kann ich nur träumen.« Sie trank von ihrem Kaffee und nahm ein Vanillekipferl.

»Kauf dir Ohropax«, sagte Steffen.

»Das kann ich nicht.« Annegret kam sich allein schon bei dem Gedanken schäbig vor, doch ein paar Minuten später dachte sie ernsthaft über diese Möglichkeit nach. Sofie schrie so viel! Mindestens fünf Stunden am Tag. Vielleicht würde sie dadurch auch selbst innerlich ruhiger werden. »Aber deswegen bist du nicht gekommen, um mir mit Sofie zu helfen und mich mit

Tipps zu versorgen, oder? Wobei – falls du je einen Job als Kindermädchen suchst, ich stelle dich sofort ein.«

Steffen nickte, doch er lächelte nicht. Langsam fielen Sofie die Augen zu. Sie blinzelte noch ein paarmal, dann blieben ihre Lider geschlossen. Im Schlaf waren die Bewegungen ihrer Augäpfel hinter den Lidern erkennbar, sie schmatzte und dann lächelte sie, völlig entrückt, wie aus einer anderen Welt. Annegret sah, dass Steffen mehrmals beginnen wollte, etwas zu sagen, dann aber doch schwieg. Es war, als müsste er die Worte erst kauen, bevor er sie aussprach.

»Es geht um Riccarda«, sagte er.

»Was denn?«

»Ich weiß, es ist jetzt der völlig falsche Moment, aber für so etwas gibt es keinen richtigen Zeitpunkt. Ich will es auch nicht rauszögern und es war mir wichtig, es dir persönlich zu sagen, anstatt dass jemand vorbeikommt, den du nicht kennst. Auch wenn es mir alles andere als leichtfällt.« Er schwieg, kaute auf seiner Unterlippe. Er sah auf die Wiege, die mitten im Wohnzimmer stand, ein Geschenk von ihrer Nachbarin.

»Schön, das Rosa. Passt zu einem Mädchen. In so kurzer Zeit hast du dich perfekt auf Sofie eingestellt und alles hergerichtet. Ihr geht es gut hier, das ist offensichtlich. Du solltest nicht so sehr an dir zweifeln. Du machst das gut.«

»Steffen. Du musst das nicht sagen.« Annegret schüttelte den Kopf. Sie überlegte, ihn zu bitten, noch ein paar Minuten länger mit Sofie auf dem Arm sitzen zu bleiben, genauso, wie er es gerade tat. Dann könnte sie duschen, sich die Haare waschen, vielleicht noch eine braune Tönung auftragen, um die grauen Strähnen wieder einmal zu überdecken, sich frisch anziehen und etwas schminken. Was vor ein paar Tagen noch eine Selbstverständlichkeit gewesen war, schien nun unerreichbar.

»Also.« Steffen hielt inne. »Okay. Heute früh gab es einen Einsatz an der Rheinbrücke, der hohen Autobahnbrücke. Eigentlich habe ich damit nichts zu tun, wurde aber benachrichtigt, weil es um Riccarda ging. Und den Fall bearbeite ich ja nach wie vor.« Sein Adamsapfel bewegte sich beim Schlucken auf und ab. »Vorbeifahrende haben um acht Uhr eine weibliche Person gemeldet, die über die Brüstung kletterte. Sofort wurde ein Einsatz ausgelöst, aber als die Streife vor Ort ankam, war niemand mehr zu sehen. An der beschriebenen Stelle fanden sich Kleidungsstücke. Ein grauer Parka mit Kunstfellbesatz und Katzenaufnähern. Turnschuhe. Ich habe Fotos von allen Beweismitteln dabei.«

»Nein. Das würde Riccarda nicht tun. Dafür kenne ich sie zu gut. Sie kann trotzig sein. Nachtragend, wütend, auch aggressiv, aber niemals gegen sich selbst. Sie ist jemand, der explodiert und nicht implodiert. Sie schreit andere an, anstatt etwas in sich hineinzufressen. So etwas tut sie nicht. Und Katzenaufnäher – meine Güte, das ist doch kein Beweis. Die gibt es tausendfach.«

»In der Jackentasche wurde Riccardas alter Ausweis gefunden. Auch die Personenbeschreibung –«

»Nein!«, rief Annegret. »Nein! Hör auf!«

Sofie begann zu schreien. Annegret presste beide Hände gegen die Ohren, kniff die Augen zusammen. Sie ertrug das alles nicht mehr. Das durfte nicht wahr sein. Es stimmte doch nicht, passte nicht, ergab keinen Sinn. Als das Schwindelgefühl übermächtig wurde, öffnete sie die Augen wieder. Sofies Gesicht war schweißnass und rot vom Schreien. Annegret nahm das Baby an sich. Auch der kleine Körper war heiß, als hätte Sofie Fieber. Annegret wiegte ihr Enkelkind hin und her und als sich ihr eigener Atem beruhigte und ihre Gedanken langsamer und klarer flossen, wurde auch Sofie wieder still.

»Es muss ein Irrtum sein«, sagte Annegret. Ihre Ruhe war nicht gespielt, sie war so plötzlich gekommen und mit einer solchen Intensität, dass sie etwas Unabdingbares hatte. »Habt ihr denn eine DNA-Analyse bei den Kleidungsstücken gemacht?«

»Nein. So schnell würde auch noch gar kein Ergebnis vorliegen.«

Annegret nickte. Na also! »Und was ist mit einer Leiche?«

»Ist noch nicht gefunden.«

Annegret schnaubte. Sie starrte Steffen an, suchte nach Verunsicherung in seinem Blick, irgendeinem Anzeichen, dass ihm diese Aktion unangenehm oder peinlich war, doch sie fand nichts dergleichen. Er war bleich, blickte starr geradeaus mit zusammengepressten Zähnen. Sein Gesichtsausdruck strahlte Melancholie und Trauer aus, die so intensiv war, dass sie sich danach sehnte, ihn in den Arm zu nehmen, doch dafür hätte sie Sofie ablegen müssen.

»Alles wird sich aufklären«, sagte sie. »Es gibt keine Leiche. Keinen DNA-Test. Das heißt doch rein gar nichts. Du siehst das zu negativ. So kenne ich dich gar nicht.«

»Bei der Strömung ist es kein Wunder, dass die Kollegen noch nichts gefunden haben. Die Brücke ist bei uns berüchtigt. Den Sturz aus der Höhe überlebt niemand. Die Körper derer, die gesprungen sind, tauchen meistens erst später an der Staustufe auf. Und die Ausweispapiere – es tut mir so leid. So unendlich leid. Aber die Frau auf der Brücke war Riccarda. Eindeutig.«

Steffens Worte klangen dumpf und tief, wie aus der Ferne. Annegret zwang sich, weiter ruhig zu atmen, sich auf Sofie zu konzentrieren, auf die Tatsachen: Es gab keine Leiche und keinen DNA-Beweis. Und solange ihr niemand Riccardas toten Körper zeigen konnte, würde sie davon ausgehen, dass Riccarda lebte!

Sofie fielen wieder die Augen zu.

»Ich habe Fotos, damit du bei der Identifizierung …«, begann Steffen. Er nahm seine Tasche und zog einen Aktenordner hervor.

Bevor Annegret wegsehen konnte, war ihr Blick bereits auf den fotografierten Kleiderhaufen gefallen: Ein

grauer Parka mit Fellrand an der Kapuze, der Katzenaufnäher, neonorange Turnschuhe – genau die Kleidungsstücke, die Riccarda bei ihrer letzten Begegnung
getragen hatte. Annegret drehte sich weg. »Lass das.
Warum zwingst du mir die Bilder auf? Ich will deine
Fotos nicht sehen. Pack sie wieder weg. Riccarda lebt.
Ich weiß es. Ich spüre es. Ich bin ihre Mutter und sonst
niemand. Und ich will, dass du jetzt gehst.«

»Aber …«

»Kein Aber. Geh. Bitte.«

»Du weißt, dass ich jederzeit für dich da bin, dass du
immer anrufen kannst, Tag und Nacht.«

Annegret nickte halbherzig. Sie schob Steffen zur Tür
hinaus. Es war ihr gleichgültig, ob Sofie dabei aufwachte
oder nicht. Jede Sekunde rechnete sie damit, dass Sofie
wieder losschrie. Doch die schlief so tief und fest wie
noch nie zuvor. Nicht einmal ihre Lider zuckten, auch
nicht, als von draußen kühle Herbstluft hereinwehte
und die Sonne auf ihr Gesicht schien.

Annegret sah Steffen nach, wie er gebückt zu seinem
Wagen ging, einstieg und losfuhr. Dann kehrte sie ins
Haus zurück und legte sich aufs Sofa, ließ Sofie auf
ihren Oberkörper gleiten. Annegret beobachtete, wie
sich Sofies Körper mit ihrem eigenen Atem hob und
senkte, dabei leicht nach rechts und links schwankte wie
ein Schiff auf ruhiger See. Annegret spürte Sofies Wärme
auf ihrem Bauch und Sofies Atem auf ihrem Brustkorb,
wie er genau doppelt so schnell floss wie ihr eigener, als
würden sie sich bewusst aufeinander abstimmen.

# Kapitel 4

Auf allen vieren kroch Riccarda die Treppe hoch. Aufzustehen traute sie sich nicht, weil sie nicht sicher war, ob ihre Beine sie weiterhin tragen würden. Ihr war übel und schwindelig vor Panik. Weiter, sagte sie sich, weiter, nicht stehen bleiben. Alles in ihr drängte danach, es wider alle Vernunft zu versuchen: aufstehen, losrennen, so schnell nur irgend möglich, durch die Eingangstür ins Freie, dort weiter bis ins benachbarte Dorf. Sie wollte weg, einfach nur weg. Doch die Tür nach draußen war unerreichbar. Um dort hinzukommen, müsste sie am Speisesaal vorbei und würde zwangsläufig entdeckt werden. Genauso riskant war es, wieder hinunter ins Erdgeschoss zu gehen und dort ein Fenster zu suchen, das sich öffnen ließ. Sie hatte genug über die Mönche und dieses Gebäude recherchiert, oft genug Aufnahmen des Klosters aus den verschiedenen Perspektiven gesehen. Überall im Erdgeschoss und im ersten Stock befanden sich noch die alten, bunten Butzenfenster mit Metallbeschlägen. Keins davon würde sich schnell und erst recht nicht geräusch-

los öffnen lassen, wenn sie nicht sogar vollständig ein-
gerostet waren. So bewegte sich Riccarda katzengleich
im Schatten der Säulen und Wände aufwärts, auch wenn
sie wusste, dass sie sich auf diese Weise immer weiter
von einer Fluchtmöglichkeit entfernte. Aus dem Treppenhaus war ein Keuchen zu hören. Befehle wurden
gebrüllt.

»Schneller!«

»Jetzt macht schon, ihr lahmen Enten!«

»Ich glaube, der hier lebt noch.«

»Quatsch, die sind alle tot.«

»Stell dich nicht an und weiter!«

Neben quietschenden Gummisohlen und Schrittgeräuschen hörte Riccarda, wie die Leichen über den
Boden geschleift wurden in Richtung Keller, wie Knochen krachten, wenn die Körper auf die Steintreppe aufschlugen, wie Tische und Stühle verschoben wurden
und über den Boden schrammten.

»Und ihr beide putzt diese Sauerei weg. Ich will kein
Blut mehr sehen, verstanden? Gar keins. Und benutz
den Reiniger in den Kannen.«

Je mehr Distanz Riccarda zwischen das Geschehen
und sich brachte, umso leichter fiel es ihr, sich vorwärts-
zubewegen. Im zweiten Stock angekommen, richtete sie
sich auf und schlich aufrecht in den dritten Stock. Dort
gab es einen Durchgang zum Glockenturm. Der war
längst gesperrt und halb eingefallen, aus einem zehn
Jahre alten Zeitungsbericht wusste sie auch von den

Kindern aus dem Ort, die dort hochgestiegen und mitsamt der Treppe eingebrochen und verschüttet worden waren. Keines der vier konnte gerettet werden. Dennoch war der Turm eine reale Chance, trotz der Einsturzgefahr und der fehlenden Treppe. Dort wäre sie am höchstmöglichen Punkt, dort musste es Netzempfang geben. Gleichzeitig wäre sie gut versteckt, weil sie da von keinem Menschen vermutet würde, war der Turm doch inzwischen unten zugemauert.

Bald erreichte sie eine kleine Holztür. Riccarda war absolut sicher, dass sich dahinter der Gang zum Turm befand. Langsam drückte sie die Klinke hinunter. Ein Quietschen ließ sie innehalten. Doch als niemand darauf reagierte, setzte sie ihren Versuch fort und zog an der Tür, nur um festzustellen, dass der Durchgang abgeschlossen war. Riccarda biss sich auf die Lippe und drückte ihre Stirn gegen das Holz. Sie zwang sich zur Ruhe. Möglicherweise war der Schlüssel irgendwo im Raum oder auf dem Türrahmen. Doch so intensiv sie auch suchte, er war nirgends zu finden.

Dann fragte sie sich, warum sie nicht eher auf die Idee gekommen war: Noch einen Stock höher könnte sie durch ein Fenster aufs Dach gelangen und von dort weiter zum Turm. Ein offenes Dachfenster, noch dazu, wenn es anschließend von außen zugezogen würde, wäre unauffällig. Riccarda ging auf Fußspitzen wieder ins Treppenhaus und von dort einen weiteren Stock höher. Noch immer waren die Mörder zu hören, sie machten sich keine Mühe, leise zu sein, im Gegenteil: Sie unterhielten sich laut. Schienen sich vollkommen sicher zu sein, dass niemand außer ihnen mehr im Gebäude war.

Problemlos konnte Riccarda ein Fenster im Dachgeschoss öffnen und nach dem Herausklettern wieder von außen zuziehen. Den Weg über das Dach hatte sie sich komplizierter vorgestellt. Die Neigung war minimal, der Tritt fest. Obwohl Moos auf den Dachpfannen wuchs, war es trocken und nicht rutschig. Nur die große Höhe brachte sie dazu, sich besonders konzentriert zu bewegen. Der Turm hatte keine geschlossenen Fenster, sondern nur Öffnungen im Mauerwerk, groß genug, um ins Innere zu gelangen.

Dort lagen Steinreste und Holzbalken auf dem Fußboden. Riccarda setzte vorsichtig einen Schritt vor den anderen und betete, dass der Boden hielt und nicht unter ihr zusammenbrach. Sie brauchte fünfzehn Schritte, um das Treppenhaus zu erreichen. Hier war es so dunkel, dass sie ihr Handy hervorholen musste. Riccarda leuchtete abwärts. Ein Stockwerk konnte sie tiefer gehen, danach war die Treppe eingestürzt. Nach oben hin schienen die Stufen unbeschädigt, trotzdem entschied sich Riccarda, kein Risiko einzugehen und auf der Plattform zu bleiben, auf der sie sich befand. Auch wenn sie sich oben sicherer fühlen würde, würde sie die Treppe nicht betreten und ihr Glück nicht überstrapazieren. Stattdessen ging sie auf die andere Seite des Turms. Von dort konnte sie bis zur nächsten Ortschaft sehen und auch erkennen, wenn sich jemand dem Kloster näherte oder von dort aufbrach. Ihre Hände zitterten. Nur mühsam gelang es ihr, das Handy aus der Hosentasche zu ziehen und die Nummer der Polizei zu wählen.

»Im Johanneskloster ist ein Mord passiert«, sagte sie. »Es gibt mehrere Tote. Die Bewaffneten sind noch im Gebäude.«

»Wer spricht denn da? Wie ist Ihr Name?«

»Das tut nichts zur Sache.« Bevor die Mörder nicht gefasst waren, durfte sie sich nicht aus ihrer Deckung begeben. Noch konnte etwas schiefgehen, noch konnte sich das Schicksal gegen sie wenden. Ihre Prepaid-SIM-Karte brachte keinen Hinweis auf sie als Anruferin. »Kommen Sie zum Johanneskloster. Schnell! Bitte!« Riccarda drückte das Gespräch weg, ohne auf eine Antwort zu warten, und schaltete das Gerät aus.

Motorengeräusche, die immer lauter wurden, ließen sie innehalten. Stimmen auf dem Hof redeten durcheinander, das Haupttor wurde geöffnet, es bewegte sich quietschend und rasselnd. Ein weißer Kastenwagen näherte sich, seine Lichter zuckten über das Gebäude und strahlten für einen Sekundenbruchteil über Riccardas Gesicht. Die Helligkeit ließ sie zusammenzucken, doch niemand schien sie gesehen zu haben, denn die Männer fuhren unbeirrt in ihrem Tun fort: Die Befehle klangen wie Hundegebell. Riccarda zählte neun Männer in Mönchskleidung, die ausstiegen. Die Bewaffneten aus dem Speisesaal drängten sich ins Innere des Wagens.

»Ihr wisst, was zu tun ist«, brüllte der Fahrer. »Ihr könnt tun und lassen, was ihr wollt, solange ihr euch im Gebäude aufhaltet und dabei ruhig bleibt. Keine Party. Keine Besucher hereinlassen. Ein Schild an den Eingang kleben, dass die üblichen Führungen abgesagt sind.«

Die Männer in Mönchskleidung lachten.

»Keine Frauen, keine Orgien. Einen Monat bleibt ihr mindestens, bis die Sache abgewickelt ist. Wenn Besucher kommen, wisst ihr, was von euch erwartet wird. Ansonsten könnt ihr hier – wie gesagt – tun und lassen, was ihr wollt. Das ist eine Kleinigkeit.«

Hinter dem Hügel zwischen den Bäumen, ganz in der Ferne, blitzten Scheinwerfer von zwei Wagen auf. Bald sah Riccarda unverkennbar das Blaulicht, das durch den Nebel matt und geisterhaft wirkte. Sie kamen! Die Erleichterung war wie ein Prickeln, von den Zehen bis zu den Haarwurzeln spürbar.

Mit einem Knall wurde die Tür des Transporters zugezogen, dann setzte sich der Wagen langsam in Bewegung, hinter dem Tor beschleunigte er. Obwohl sie mit dem Geräusch gerechnet hatte, fuhr Riccarda beim Scheppern der Ketten zusammen, das mit dem Schließen des Tores einherging. Bald waren die Rücklichter des Transporters zwischen den Bäumen verschwunden. Der Wald schluckte wenig später auch die Helligkeit der Vorderlichter. Lachend gingen die verbliebenen Männer auf das Gebäude zu. In ihren Kutten sahen sie vor der Helligkeit des Eingangs gespensterhaft unwirklich aus.

»Sollen wir wirklich die ganze Zeit die Kostüme anbehalten? Und nachts? Gibt es da Nachthemden? Am besten noch mit Rüschen?«

»Mann, bist du blöd. Kein Wunder, dass es bei dir mit einem festen Engagement beim Theater oder Fernsehen nicht klappt. Von großen Rollen mal ganz abgesehen.«

»Heb den Rock, Lady.«

»Hör auf, ey.«

»Was ich nur nicht verstehe: Warum haben sie uns genommen?«

»Weil wir schweigen können.«

»Es gibt viele großartige Schauspieler auf der Welt, die besser geschult und ausgebildet sind als wir, aber Mönche zu spielen, würde nicht zu ihnen passen – wer von euch kennt das Zitat?«

»Du bist nicht Clint Eastwood und ich nicht Dirty Harry. Pst. Haltet mal die Klappe. Da kommt wer.«

Nur wenige Minuten später hielten zwei Streifenwagen vor dem Tor. Riccarda konnte das Geschehen von ihrem Standpunkt aus perfekt beobachten, während keiner der Männer etwas zu ahnen schien. Sie plauderten weiter, selbst noch, als vor den Mauern die Türen der Streifenwagen zugeschlagen wurden.

»Aufmachen! Polizei!« Es polterte am Tor.

Die falschen Mönche hielten inne. Das, was Riccarda beobachtete, war wie ein Standbild eingefroren. Nun war es vollkommen ruhig, nicht einmal der Wind war zu hören – als würde die Natur mit ihr die Luft anhalten.

»Polizei! Machen Sie auf!«

Mit einer Handbewegung dirigierte einer der Männer seine Kumpane ins Innere des Gebäudes, er selbst wandte sich zum Tor.

»Komme ja schon. Komme ja schon. Immer mit der Ruhe. Ein alter Mönch ist kein D-Zug.« Er sagte es mit einer solch übertriebenen Sprechweise, als stünde er auf einer schlechten Bühne. Kettenrasseln und Quietschen begleiteten wieder das Öffnen des Tores.

»Wir haben eine Meldung bekommen …«, begann einer der vier Beamten. Was anschließend gesprochen wurde, konnte Riccarda nicht mehr verstehen, weil ein Flugzeug über sie hinwegdröhnte. Es schien ihr wie eine Ewigkeit, bis wieder Ruhe über ihr einkehrte und sie das Gespräch weiterverfolgen konnte. Nach und nach kamen die anderen Mönchsdarsteller aus dem Gebäude und blieben an der Eingangstür stehen.

»Ein Mord? Das hätte ich wohl mitbekommen müssen, auch meine – äh – Mitbrüder. Wir sind gerade beim Essen. Möchten Sie hereinkommen? Bruder Markus, Bruder Matthäus, Lukas und Johannes, kommt doch bitte raus. Hier soll es einen Mord gegeben haben.«

Riccarda schüttelte den Kopf über so viel Dreistig-keit. Sie hatten sich anscheinend nicht einmal Namen zurechtgelegt, stattdessen zählten sie einfach die vier Apostel auf!

»Kommen Sie doch rein. Sehen Sie sich um.« Ver-unsicherung klang in seiner Stimme mit. »Und wenn Sie sich überzeugt haben, laden wir Sie zum …«

Funkgeräte knisterten, dann donnerte wieder ein Flugzeug heran. Dass sich das Kloster auch gerade in der Flugschneise befinden musste! Sie beobachtete, wie zwei Polizisten auf das Gebäude zugingen und kurz darauf wieder herauskamen, noch bevor das Flugzeug ver-schwunden war.

»Dann nichts für ungut, es muss sich wohl um einen Scherz gehandelt haben«, sagte einer der Beamten.

Riccarda glaubte, sich verhört zu haben, doch das, was sie sah, bestätigte ihre schlimmsten Befürchtungen: Die Polizisten kehrten zu ihren Wagen zurück, stiegen ein und fuhren gemächlich ab. Für ein paar Sekunden herrschte absolute Ruhe.

»Wer hat die Polizei gerufen?«

»Ich nicht.«

»Ich auch nicht.«

»Natürlich keiner von uns, du Trottel.«

»Lebt etwa einer von denen noch?«

»Denkbar. Oder …«

Riccarda kniff die Augen zusammen. Immer, wenn sie dachte, es könnte nicht schlimmer kommen, geschah etwas, das alles sprengte, was sie für möglich gehalten hatte. Sie wünschte sich, die Zeit zurückdrehen zu können. Sie hätte gar nicht herkommen sollen. Warum hatte sie Sofie nicht einfach genommen und war abgetaucht? Warum gab es dieses sinnlose Verlangen nach Gerechtigkeit in ihr? Diese Illusion, sie könnte helfen, dass alles gut würde? Warum konnte sie sich nicht damit zufriedengeben, ihre eigene Ruhe und ihr Auskommen zu haben? Riccarda verfluchte sich selbst. Sie hatte noch nie den Mund halten können. Und das wurde ihr nun schon wieder zum Verhängnis.

»Es muss noch jemand im Gebäude sein. Jemand, der lebt, der fit genug ist, die Polizei zu rufen. Einer von den Toten muss wohl wieder auferstanden sein oder … Wenn ihr mir denjenigen nicht in fünf Minuten bringt, ist hier was los! Ich lasse mir doch den besten Deal seit Jahren nicht kaputtmachen!«

# Kapitel 5

Steffen wich ihr aus. Diesmal hatte Annegret beschlossen, ihn nicht nur anzurufen, sondern direkt bei ihm vorbeizukommen. Sie setzte sich nicht zu den anderen Wartenden auf die Plastikstühle, sondern klopfte sofort an Steffens Tür.

»Steffen, ich muss mit dir reden.«

»Wir haben hier auf dem Revier so viel zu tun, das siehst du ja. Massenhaft Zeugenbefragungen. Wie wäre es mit heute Abend? Lass uns zusammen einen trinken. Ich komme zu dir. Versprochen. Gegen acht.«

»Das hast du gestern auch schon gesagt.« Annegret ignorierte die Unruhe, die sich wegen ihres Vordrängelns unter den Wartenden ausbreitete. »Und vorgestern auch. Beide Male bist du dann nicht gekommen. Jetzt bin ich hier.«

»Und Sofie?«

»Ist bei meiner Nachbarin. Maria. Und nein, Maria muss heute nicht arbeiten, hat ihren freien Tag. Sie hat es sogar von sich aus angeboten, auf Sofie aufzupassen. Also: Wir haben alle Zeit der Welt.«

»Aber ich nicht!«

»Ich gehe erst wieder, wenn du mit mir geredet hast.« Annegret schwor sich stehen zu bleiben, an genau dieser Stelle, bis sie das bekommen hatte, was sie wollte. Steffen ging ihr aus dem Weg, das war mehr als offensichtlich. Sie hinterließ Nachrichten auf seiner Mailbox, er rief nicht zurück. Wenn sie ihn persönlich sah, wimmelte er sie ab, vereinbarte Termine, die er nicht einhielt. »Ich bin nicht verrückt. Ich bilde mir doch nichts ein. Riccarda lebt. Und ich brauche deine Hilfe, um sie zu finden.«

Steffen stand von seinem Schreibtisch auf, ging zum Fenster und sah mit verschränkten Armen nach draußen. Dann setzte er sich wieder. »Okay, aber nur kurz. Eine Viertelstunde, mehr geht beim besten Willen nicht. Mach die Tür hinter dir zu und setz dich.«

Annegret nahm ihm gegenüber Platz. Der große Schreibtisch zwischen ihnen mit dem Computer und all den Papierstapeln darauf kam ihr wie ein Schutzwall vor, den Steffen vor sich aufgebaut hatte. Wenn er sich zurücklehnte, konnte sie sein Gesicht nur noch zur Hälfte sehen, der untere Teil war dann hinter all den Stapeln verborgen. Sie verzichtete auf sein Angebot, einen Kaffee mit ihm zu trinken, lieber war es ihr, direkt anzusprechen, was ihr ununterbrochen durch den Kopf ging.

»Riccarda lebt«, sagte sie noch einmal. »Ich bin mir absolut sicher. Eine Leiche scheint ihr ja auch noch nicht gefunden zu haben, sonst hättest du mich benachrichtigt. Aber wenn du mir nicht hilfst, habe ich überhaupt keine Chance, sie je zu finden.«

»Ach, Annegret.« Er seufzte und rieb sich die Augen. »Die Strömung … aber das hatten wir doch bereits alles. Annegret, so leid es mir tut …«, wiederholte er, was er in den letzten Tagen so oft gesagt hatte.

»Du brauchst nicht immer meinen Namen zu sagen.« Sie ärgerte sich, dass sie wie ein trotziges Kind klang.

»Der Fall ist für uns abgeschlossen. Jetzt liegt es an dir, die Tatsachen zu akzeptieren. Durch die Arbeit im Verein weißt du selbst …«

»Hör auf!« Annegret wünschte sich, es gäbe etwas Konkretes, was sie Steffen geben könnte, einen definitiven Hinweis darauf, dass Riccarda lebte, irgendetwas, was über ihr Gefühl und ihre Logik hinausging.

»Du kennst den Schmerz. Die Sorge. Die innere Zerrissenheit. Und den Glauben, dass das eigene Kind noch lebt. Dir geht es mit Katharina doch genauso. Seit sechs Jahren, seit dem Polizeieinsatz, hast du nichts mehr von ihr gehört. Jetzt ist sie zwanzig. Aber abschließen? Das tust du auch nicht. Immer wieder stellst du dir vor, was gewesen wäre, wenn du sie damals nicht von ihrem Freund weggeholt hättest, wenn du keine Kollegen geschickt hättest, wenn du es einfach akzeptiert hättest, dass sie ihren eigenen Weg gehen will und …«

»Lass Katharina aus dem Spiel. Das eine hat mit dem anderen überhaupt nichts zu tun. Das sind zwei völlig unterschiedliche Fälle.«

»Warum bist du so aggressiv?« Sie nickte beschwichtigend. »Okay. Was ich damit sagen will: Die Gedanken hören nicht auf, das Grübeln, all die Hypothesen. Und keiner von uns beiden wird damit abschließen, ehe nicht die letzten Unsicherheiten definitiv geklärt sind, du bei Katharina und ich bei Riccarda. Und deshalb, weil du verstehst, wie es mir geht, weil du genau das Gleiche erlebt hast und tagtäglich durchmachst, weiß ich auch, dass du mir helfen wirst.«

Steffens Körper straffte sich. »Gehen wir die Sache noch einmal von vorn durch.« Er holte den Ordner aus dem Regal, der inzwischen so dick war, dass er mit einer Kordel zusammengehalten werden musste, um nicht auseinanderzufallen. Ein Bild fiel beim Aufschlagen heraus auf den Linoleumboden – eins, das auch in Annegrets Wohnzimmer hing. Es war das letzte gemeinsame Bild, das es von ihr und ihrer Tochter gab. Annegret und Riccarda am Frankfurter Flughafen, Arm in Arm, lächelnd, beide mit schulterlangen braunen Haaren, Annegret mit Locken, Riccarda mit einem glatt geföhnten Bob, fast wie Schwestern. Aufgenommen eine halbe Stunde vor dem Abflug nach Marokko, einer Reise, die alles verändert hatte. Wenn sie an den Tag der Abreise dachte, war alles wieder so nah, als wäre es erst gestern geschehen. Es stimmte nicht, was alle sagten, dass die Zeit alle Wunden heilt. Die Zeit änderte gar nichts. Sie tröstete nicht, sie relativierte nicht. Manchmal überlagerte sie den Schmerz, schob Alltagsnebel über das Gedankenkreisen. Doch was die Zeit tat, war nur ein Kaschieren, irgendwann – es brauchte nur einen alltäglichen, kleinen Auslöser – zeigte sich, dass die Zeit gar nichts änderte. Sie verging einfach. Mehr tat sie nicht. Es gab nur eine einzige Möglichkeit, etwas zu ändern an ihrer Trauer und an all dem Unausgesprochenen, das noch existierte, und das war, Riccarda zu finden. Annegrets Blick verharrte auf dem Foto.

Bis zuletzt war sie sich nicht sicher gewesen, ob Riccarda nicht einen Rückzieher machen würde. Pauschalurlaub? Allein bei dem Wort hatte Riccarda die Nase gerümpft, daran konnte auch die Ankündigung nichts ändern, dass man ja nicht am gesamten Programm des Veranstalters teilnehmen musste, dass Annegret auch eine Tour in die Wüste mit einem Jeep geplant hatte. Nur sie beide, der Wagen, die Natur. Keine Diskussionen über Schule oder Zukunft, das hatte Annegret versprochen und sie wusste, dass sie sich an diesen Vorsatz halten würde. War sie selbst doch diejenige, die sich immer öfter wünschte, einfach mal die Pausentaste zu drücken und all die Probleme und Unsicherheiten abzuschalten – und sei es nur für ein paar Urlaubstage.

Am Abend vor der Abreise war Riccarda wieder verschwunden – wie so häufig –, ohne eine Nachricht zu hinterlassen. Annegret wusste nicht, wo ihre Tochter war, wann sie zurückkommen würde, ob sie überhaupt zurückkommen würde, ob sie trotz aller Beteuerungen wieder etwas tat, was sie mit Gesetz und Polizei in Konflikt brachte. Dass all die Diebstähle, die Gerichtsprozesse und der Schulverweis ihr bereits jetzt ihre Zukunft ruiniert hatten, dass nun schon wieder ein Gerichtsprozess auf sie wartete, schien Riccarda unbeeindruckt zu lassen. Egal was geschah, ob Annegret redete oder schwieg, es spielte keine Rolle. Riccarda wirkte wie ein Autopilot, der falsch programmiert worden war. Den Koffer, den Annegret zwei Tage zuvor auf Riccardas Bett bereitgelegt hatte, hatte diese ignoriert. Während Annegret schon Wochen im Voraus Listen geschrieben hatte, was sie alles mitnehmen wollte, hatte Riccarda nicht einmal eine Zahnbürste oder Wechselkleidung eingepackt.

Gegen Mitternacht gab es noch immer keine Nachricht von Riccarda. Annegret schenkte sich das vierte Glas Rotwein aus der billigen Flasche von der Tankstelle ein – viel zu lieblich, viel zu süß, doch das war ihr gleichgültig. Hauptsache, der Wein half, die Gedanken zur Ruhe zu bringen und die Wut in ihr zu dämpfen. Sie wollte einen Blusenknopf schließen, der aufgegangen war, und traf das Loch nicht, weil ihre Finger bereits vom Alkohol zitterten. Doch auch das war ihr egal. Ja, sie war betrunken, wahrscheinlich würde sie am nächsten Morgen verschlafen. Annegret wankte die Treppe hoch und wuchtete ihren Körper aufs Bett. Zum Duschen und Zähneputzen war ihr zu schwindelig.

Diesmal stellte sie den Wecker bewusst nicht. So würde sie hoffentlich gar nicht mitbekommen, dass Riccarda wieder einmal wegblieb, dass der Flieger ohne sie beide abhob und eine weitere der unzähligen Chancen verpasst war, dass Riccarda und sie sich vielleicht näherkamen.

Am nächsten Morgen um halb sechs registrierte Annegret zuerst das Schwanken des Untergrundes, das ihr Übelkeit bescherte. Bei geschlossenen Augen war es, als würde die Matratze unter ihr schaukeln. Wenn sie die Umgebung betrachtete, den Blick über sich richtete, rotierte die Decke mit der Lampe. Dann hörte sie eine Stimme, die sie nicht orten konnte. Langsam kehrten ihre Sinne zurück.

»Wir müssen los«, sagte Riccarda. Sie stand an den Türrahmen gelehnt, eine ihrer süßlich stinkenden, selbst gedrehten Zigaretten im Mundwinkel. Breitbeinig. Provokant. Und doch war sie da.

Annegret brauchte eine Weile, um sich zu erinnern. Marokko. Die geplante Reise. Hinter ihrer Stirn hämmerte es, ihr war übel und schwindelig. Wenn sie den Kopf nur leicht drehte, verstärkten sich die Beschwerden. Alles in ihr sehnte sich danach, sich einfach umzudrehen und weiterzuschlafen.

»Hast du denn gepackt?«, fragte Annegret. Die Worte kamen ihr zäh über die Lippen, die Zunge war wie festgeklebt, als hätte sie mehrere Betäubungsspritzen vom Zahnarzt gleichzeitig bekommen.

»Dafür braucht doch niemand, der halbwegs klar im Kopf ist, mehr als zehn Minuten.«

»Okay.« Annegret wehrte sich nicht, als Riccarda ihr unter die Arme griff und ihr half, sich aufzurichten. Der Geruch nach Hasch, der sie umgab wie eine Wolke, wurde stärker.

»Warum tust du das?«, fragte Annegret. »Warum gehst du einfach und sagst nicht Bescheid? Warum machst du mich so fertig?«

»Seit wann trinkst du?«

Annegret schwieg. Es war nicht hilfreich zu sagen, was sie dachte: Seit du mich vor Sorge in den Wahnsinn treibst. Seit du mir zeigst, dass ich für dich nicht mehr bin als ein Fußabtreter, ein wandelndes Portemonnaie und die, die dich im Zweifelsfall nachts bei der Polizei abholt, wenn mal wieder etwas schiefgegangen ist.

Annegret atmete tief durch. Sie verstand nicht, woher die Wut auf Riccarda mit einem Mal kam, die sie all die Monate unterdrückt hatte, war doch gerade jetzt das eingetreten, was sie sich so lange gewünscht hatte: Sie beide würden zusammen wegfahren, Riccarda hatte gepackt, war nun sogar diejenige, die auf eine pünktliche Abreise drängte. Doch die Wut blieb.

»Warum hast du gestern nicht angerufen? Oder einen Zettel geschrieben?«, fragte Annegret. »Ich dachte, du kämst nicht mehr, wir könnten die Reise vergessen.«

»Ich kapier dich nicht. Absolut nicht. Was denn? Was ist? Willst du jetzt fahren oder nicht?«

»Ruf ein Taxi, ich sollte mich nicht selbst ans Steuer setzen.«

Zwei Aspirintabletten, eine Tafel Schokolade und vier Becher Kaffee später waren Annegrets Kopfschmerzen verschwunden. Die Sonne strahlte, der Himmel war blau wie in einem Werbeprospekt. An der Sicherheitskontrolle gab es keine Schlange, problemlos konnten sie passieren. Der Blick vom Flughafengebäude durch die Panoramafenster auf die startenden Flugzeuge ließ Annegret innehalten. Alles kam ihr mit einem Mal so irreal vor. Irreal wunderbar. Auch Riccardas Stimmung war ausgelassen wie seit Jahren nicht mehr, sie plauderte, lachte, als gäbe es für sie beide kein Gestern und kein Morgen. Sie konnten sich plötzlich einfach gegenüberstehen wie zwei gute Bekannte oder Freundinnen, ohne Erwartungen aneinander und ohne Groll wegen Vergangenem. Annegret holte ihre Kamera hervor. Üblicherweise hätte sie es nicht gewagt, wusste sie doch, wie ungern Riccarda fotografiert wurde.

»Lass uns ein Erinnerungsbild machen«, sagte Annegret.

»Hallo«, rief Riccarda dem Mann zu, der neben ihnen stand. »Würden Sie meine Mutter und mich fotografieren?« Sie reichte ihm die Kamera. »Einfach hier draufdrücken.«

Annegret spürte Riccardas Arm auf ihrer Schulter, sah das Lächeln ihrer Tochter, konnte nicht anders, als die Umarmung zu erwidern und auch zu lächeln. Mochten sie beide doch nur ewig so stehen bleiben – nicht mehr zu Hause, noch nicht angekommen, irgendwo in diesem Zwischenreich, in dem es nur die Frage gab, ob sie sich vor dem Abflug noch einen Muffin gönnen sollten oder nicht.

Steffen hob das Bild auf und schob es in den Ordner zurück. Das war der letzte Tag in ihrem Leben gewesen, an dem sie glücklich gewesen war, wirklich glücklich. Gemeinsam mit Steffen ging sie alle Hinweise auf Riccarda noch einmal durch, las auch die Aussagen der Ärzte, des Pflegepersonals und der Mitpatientinnen, die mit Riccarda während ihres Krankenhausaufenthaltes nach der Geburt geredet hatten. Doch am Ende musste sie Steffen zustimmen: Es gab wirklich keinen Hinweis darauf, dass Riccarda noch lebte. Und trotzdem konnte sie sich damit nicht zufriedengeben.

# Kapitel 6

---

Marokko, Juli 2010

Machen wir uns auf den Weg«, sagte Riccarda. Wie immer war sie schneller mit der Mahlzeit fertig als alle anderen, als hätte sie Sorge, es könnte jederzeit jemand kommen und ihr den Teller wegziehen.

Annegret wollte keinen Streit, sie wollte einfach nur die Zeit zusammen genießen, daher verzichtete sie auf Ermahnungen, die sie schon viele Hundert Male wiederholt hatte: Schling nicht so. Iss langsam. Sitz gerade.

Sie legte ihr Frühstücksbesteck auf dem Teller nebeneinander, faltete ihre Serviette und wischte sich über den Mund. »Wirklich? Sollen wir?« Der Tag war heiß und würde noch heißer werden. Nun war es erst kurz nach zehn und das Thermometer zeigte schon 32 Grad an. »Oder doch lieber mit den anderen im Bus nach Marrakesch aufbrechen und uns die Marktstände angucken?«

»Du hast mir versprochen, dass ich fahren darf.«

Annegret beobachtete Riccardas Gesichtsausdruck, suchte Anzeichen für einen Scherz. Ja, die Diskussion hatten sie zweimal geführt. Riccarda wollte ausprobieren, wie es sich anfühlte, ein Auto zu steuern, sie wollte »Spaß haben, über Holperpisten und über Sand brettern«, wie sie betont hatte. Und Annegret wusste auch noch genau, wie ihre Antwort gelautet hatte: Beim ersten Mal hatte sie gelacht und Riccarda nicht ernst genommen, beim zweiten Mal begründet, warum es besser war, nur zu fahren, wenn man auch einen Führerschein besaß. Risiko, Unfall, Haftung, Polizeikontrollen, all das hatte sie als Argumente angeführt. Von Zustimmung konnte keine Rede sein! Warum machte es ihr Riccarda nur so schwer, Streitereien zu umschiffen? Manchmal war es mit Riccarda wie auf einem wackeligen Holzfloß, das ohne Paddel oder Ähnliches über einen Fluss voller Felsen und Stromschnellen gesteuert werden musste. Annegret wollte die Stimmung nicht verderben, aber Riccarda auch nicht das Steuer überlassen. Der Widerspruch war unüberbrückbar.

»Okay«, sagte Riccarda. »Erst mal fährst du und dann sehen wir weiter. Aber ich will nicht wieder nach Hause, ohne Erg Chebbi gesehen zu haben. Allein die Anfahrt. Die Berge! Die Einsamkeit.« Riccardas Blick ging in die Ferne. »Im Hotel ist so ein Lärm. Und auf dem Markt sicher noch mehr. Überall ist es laut und voll, Bespaßung an allen Ecken und Enden. Alle sagen dir, was du zu tun und zu lassen hast. Das ist wie ein dauerndes Grundrauschen, da kommst du nicht gegen an. Zu Hause, in der Schule, auch wenn ich mit Freunden abhänge, ist es genauso. Wie mich das nervt. Irgendwie dachte ich, hier wäre es anders. Ursprünglicher eben. Geerdeter. Meine Güte, wie bescheuert ich klinge. Aber weißt du, was ich sagen will? Wo bleiben wir selbst denn dabei? Bevor wir wissen, was wir sagen wollen, haben schon Tausend andere geredet. Ich will das weghaben, einmal raus aus der Mühle, nirgends hinmüssen. Gar nichts müssen, einfach nur da sein. Ohne die ganze Beschallung. Wenigstens für ein paar Stunden.«

Annegret nickte. Sie wusste genau, was Riccarda meinte. Und sie fand es überhaupt nicht »bescheuert«, was Riccarda sagte, im Gegenteil. Es klang nur auf einmal so erwachsen! Auch sie hatte genug davon, dass andere ununterbrochen auf sie einredeten. Die Mitarbeiter vom Jugendamt, die ihr erklärten, wie sie für Riccarda Verständnis zeigen konnte. Die Lehrer, die sie drängten, Riccarda klarzumachen, wohin ihr Weg sie führte, wenn sie nicht zur Vernunft käme. Die Polizei, die sie mal mitleidig, mal streng betrachtete, weil sie ihre Tochter nicht mehr im Griff hatte. Und im Grunde wussten sie auch alle nicht weiter, schwankten in ihrer Einschätzung zwischen Verständnis, Unterstützungsangeboten – die mehr an Ferienbeschäftigungen erinnerten – und absoluter Härte.

»Einfach mal Ruhe«, sagte Annegret. »Das wünsche ich mir auch.«

Die Fahrt war ungefähr 250 Kilometer lang. Sie übernachteten auf den zurückgeklappten Sitzen im Wagen, irgendwo im Atlasgebirge, nahe einem kleinen Dorf, dessen Namen keine von ihnen aussprechen konnte, und erreichten die endlose Dünenlandschaft erst am folgenden Tag. Damit sich niemand Sorgen machte, hatten sie im Hotel Bescheid gegeben. Annegret war verschwitzt und schon nach ein paar Schritten bis auf die Unterwäsche nass, die Haare hingen strähnig vom Kopf, sie roch nach Schweiß und wenn sie sich über die Lippen leckte, schmeckte sie Salz. Trotzdem – oder gerade deswegen – war sie glücklich wie nie zuvor. Sie fühlte die Lebendigkeit in jeder Pore ihres Körpers. Nur Riccarda wurde immer stiller. Es hatte bereits irgendwo im Gebirge begonnen, am Abend hatte sie nichts essen wollen.

»Geht es dir nicht gut?«, fragte Annegret. »Hast du Bauchschmerzen?« »Sollen wir umkehren?« »Wir sollten einen Arzt suchen.«

Auf alle Nachfragen und Vorschläge in diese Richtung reagierte Riccarda unwirsch, ausweichend und einsilbig. So verzichtete Annegret bald darauf, weiter nachzuhaken, und versuchte, sich damit zu beruhigen, dass Riccarda einfach Zeit brauchte, um darüber zu sprechen, was ihr auf der Seele lag. Auch hatte Riccarda anscheinend das Interesse daran verloren, sich ans Steuer zu setzen, jedenfalls war es kein Thema mehr. Annegret verstand ihre Tochter nicht, dieses Wechselhafte in der Stimmung, das Schwanken zwischen Kindlichem und Erwachsenem, Freundlichkeit, Trotz und herber Zurückweisung. Aber musste man sich immer gegenseitig verstehen? Ging es nicht darum, Riccarda einfach so sein zu lassen, wie sie war, mit all ihren Widersprüchen?

Die Landschaft war viel zu schön, um sich die Stimmung verderben zu lassen. Was sie erlebte, würde sich wahrscheinlich in der Form nicht noch einmal wiederholen lassen. Die Weite! Sie war beeindruckend, erschreckend und wunderschön zugleich. Das Hitzeflirren in der Luft. Nichts als Berge, Felsen und Sand. Alle Probleme und Schwierigkeiten, die Grübeleien von zu Hause rückten ganz weit weg, bis es neben der Landschaft nichts mehr gab als ihren Atem und das Rauschen des Motors. Die Straße schien im Nirgendwo zu verlaufen. Annegret stoppte den Wagen und öffnete die Autotür.

»Lass uns ein paar Schritte gehen.« Nicht nur die Hitze, auch die Stille flirrte und sirrte, legte sich weich um sie wie ein Kokon. Sie zeigte hinter die nächste Düne, wo zwei Palmen standen, mitten im Sand, unwirklich und wunderschön. »Da können wir uns hinsetzen.«

Riccarda stieg aus und stöhnte laut. Fest umklammerte sie die kleine, selbstgenähte Handtasche, die sie immer bei sich trug, als hätte sie Sorge, Annegret würde ihr das Geld, das Handy oder den Skizzenblock darin stehlen wollen.

»Ich will zurück.« Riccardas Worte waren nur ein undeutliches Flüstern und gingen in einem erneuten Aufstöhnen unter.

»Was ist denn mit dir?«

Riccarda rutschte an der Karosserie entlang erst in die Hocke, dann begab sie sich auf alle viere. Sie keuchte. »Lass mich. Lass mich in Ruhe. Kann doch nicht so schwer sein. Und glotz nicht so! Ich hab gesagt, du sollst nicht gucken!«

Annegret kannte diesen Gesichtsausdruck – wie der Blick ins Leere ging, die Zähne aufeinandergebissen. Riccarda hatte die Hände zu Fäusten geballt und sich zusammengekrümmt, als wollte sie ihren Körper zu einer Kugel zusammenrollen, wie ein Igel mit ausgefahrenen Stacheln.

»Ich sehe doch, dass du Schmerzen hast!« Annegret wollte Riccarda berühren, doch dann zog sie ihre Hand zurück. Die Erkenntnis fühlte sich an, als würde um sie herum etwas explodieren und sie selbst in unzählige Stücke zerreißen. »Du bist schwanger.« Annegret sah es so klar vor sich, dass sie alles darauf verwettet hätte, dass ihre Vermutung stimmte. All die Ungereimtheiten der letzten Monate ergaben plötzlich einen Sinn: das Erbrechen, das nicht mit Riccardas Alkoholkonsum begründet werden konnte, denn Riccarda hatte aufgehört zu trinken, wenn auch nicht zu rauchen. Die morgendlichen Nachwirkungen von Trinkgelagen waren nahtlos in Schwangerschaftserbrechen übergegangen. Dann die viel zu große Kleidung, die Riccarda nun trug, der Wechsel des Kleidungsstils von schwarz und sehr körperbetont hin zu weiten Blumentuniken und Shirts, die mehr an Kleider erinnerten. Diese extremen Stimmungsschwankungen, obwohl Riccarda Annegrets Wissen nach auch keine harten Drogen mehr nahm.

»Ja.« Tränen liefen über Riccardas Gesicht, sammelten sich am Kinn und tropften von dort auf den Sand.

»Seit wann?«

»Keine Ahnung. Vier Monate. Fünf. Oder sechs. Irgendwas um den Dreh.«

»Warum hast du nichts gesagt?«

Riccarda stieß die Luft aus. »Wäre euch allen doch sowieso scheißegal gewesen. Oder meinst du, ich wollte deswegen noch eine zusätzliche Predigt zu hören kriegen? Was passiert ist, ist nun mal passiert, und damit muss ich halt irgendwie klarkommen.«

Annegret massierte sich die Stirn. Die Diebstähle, all die Grenzüberschreitungen von Riccarda ergaben plötzlich einen Sinn. Der Schulverweis, die Sozialstunden im Kindergarten, der Taschengeldentzug und all die Gespräche mit Mitarbeitern des Jugendamtes kamen ihr vor dem Hintergrund der Schwangerschaft nun ungerecht und überzogen vor. Gleichzeitig fühlte sie sich schuldig. Sie versuchte, dieses nagende Gefühl von sich wegzustoßen. »Was hätten wir alle denn tun sollen, wenn du mit niemandem redest?«

Riccarda wandte den Blick ab. Flüssigkeit und Blut bildeten erst einen kleinen Fleck an ihrer Jeans, dann breitete sich der Fleck innerhalb weniger Sekunden über die gesamten Innenseiten der Oberschenkel aus. Annegret holte ihr Handy hervor, hielt es in die Höhe, schüttelte es, schaltete es aus und wieder an, doch es änderte nichts daran, dass sie keinen Empfang hatte. Sie fluchte. Warum zahlte sie Hunderte von Euro für ein Gerät, auf das sie sich im Zweifelsfall nicht einmal verlassen konnte?

»Guck nicht so! Verdammt, ich hab es dir doch schon gesagt! Glotz nicht. Dreh dich weg!« Riccarda zog ihre Jeans und dann die Unterhose aus. Das weite, lange T-Shirt war wie ein Kleid, doch bald war auch der weiße Baumwollstoff mit Körperflüssigkeiten vollgesogen.

»Versuch, wieder in den Wagen zu kommen. Ich stütze dich. Wir fahren in ein Krankenhaus. Alles wird gut.« Annegret streckte die Hand aus, um Riccarda unter den Arm zu greifen.

»Lass mich!«

Von dem Schlag getroffen zog Annegret ihre Hand zurück. Riccardas Fingernägel hatten auf ihrer Handrückseite blutige Kratzer hinterlassen, doch mehr als den körperlichen Schmerz spürte sie etwas anderes: Nie war sie sich hilfloser vorgekommen. Es war ihr nicht möglich, Riccarda ins Auto zurückzubewegen. Riccarda war schwer. Und trotz ihrer Not wollte sie keine Hilfe und keine Ratschläge annehmen. Weil Annegret nichts Besseres einfiel, schaltete sie die Musikanlage im Auto ein, verband ihr Handy über USB und suchte auf ihrer Playlist die klassische Klaviermusik, die ihr an all den Abenden so sehr geholfen hatte, wenn Riccarda wieder einmal nicht nach Hause gekommen war und Annegret gar nicht mehr gewusst hatte, ob ihre Tochter überhaupt noch lebte.

Es war grotesk: Chopin in der Wüste, aber es war das Einzige, was sie davon abhielt, den Verstand zu verlieren. Sobald Annegret versuchte, sich Riccarda zu nähern, schlug und trat die um sich und schrie dabei, als wollte Annegret sie ermorden. Annegret wartete darauf, dass Riccardas Kraft nachließ und die Gegenwehr erlahmte, aber das geschah nicht. Auch wenn sie sich während der Wehen nicht mehr auf den Beinen halten konnte, war die Wucht, mit der sie zutrat, enorm. Nach einer Pause versuchte es Annegret noch einmal, obwohl ihre Schienbeine und ihr Oberkörper inzwischen mit blauen und roten Flecken überzogen waren. Zentimeter um Zentimeter bewegte sie sich auf Riccarda zu, jeden Moment bereit, den Rückzug anzutreten. Die Kraft, die Riccarda in ihrem Zustand entwickelte, war enorm. Sie kämpfte wie eine angefahrene Katze, die nicht wollte, dass sich ihr jemand näherte. Mit ihren Tritten hätte sie ein Klavier durch den Raum schubsen können, mit ihren Schlägen Türen zertrümmern.

»Bitte«, flüsterte Annegret. »Lass mich dir helfen.« Sie wusste nicht mehr, wie oft sie es schon probiert hatte in all den Stunden. Es waren Hunderte von vergeblichen Versuchen gewesen.

Diesmal reagierte Riccarda zu ihrer Erleichterung nicht abweisend: trat nicht, schlug nicht, schrie nicht, fluchte nicht. Dann wurde Annegret klar, dass das kein gutes Zeichen war, im Gegenteil. Riccarda taumelte mit ihrem Bewusstsein zwischen Ohnmacht und Dämmerzustand. Annegret versuchte, Genaueres zu erkennen, doch die Sonne senkte sich bereits hinter dem Horizont. Um besser sehen zu können, schaltete sie die Autoscheinwerfer an. Noch immer lief die Musik – Chopin, Beethoven und Mozart in einer Endlosschleife. Die Töne waren das Einzige, an dem sich Annegret innerlich festhielt. Trotzdem hatte sie das Gefühl, aus der Welt in ein Nirgendwo ohne Zeit, ohne Raum, ohne Handlungsmöglichkeit katapultiert worden zu sein, hinein in eine Endlosigkeit, aus der es kein Entrinnen gab.

Mit einem Mal ging alles ganz schnell.

»Hilfe!« Riccarda krümmte sich, presste beide Hände auf ihren Bauch, warf sich auf die Seite. Ihr Körper war inzwischen rot und nass und voller Sand. Zwischen ihren Beinen glitt ein dunkelroter Klumpen hervor. Sie zog ihn an sich, wischte mit ihrem Shirt das Blut vom Köpfchen, versuchte, mit einer Mund-zu-Mund-Beatmung etwas zum Leben zu erwecken, was nur entfernt an ein Kind erinnerte. Der Kopf war übergroß, dunkellila. Die Arme und Beine unglaublich dünn, der Leib rund und aufgedunsen. Annegret holte den Verbandskasten aus dem Kofferraum und suchte dort eine Schere.

»Es hat keinen Zweck«, sagte Annegret. Die Nabelschnur quietschte wie Gummi, als es ihr beim achten Versuch gelang, sie durchzuschneiden. Mit einem Ruck zog sie den toten Fötus an sich. Sie musste fest zupacken, um den glitschigen Körper zu halten, musste sich zwingen, ruhig und vernünftig zu bleiben, nicht in Panik zu verfallen.

»Gib mir mein Baby zurück! Es ist meins, meins allein!«

»Wir müssen es beerdigen.«

»Nein! Ich hasse dich!«

Annegret lief weg. Alles in ihr drängte sie weg vom Ort des Geschehens, von Riccardas Wut, die sich nun wie ein Vulkan entlud, der monatelang unter der Oberfläche gebrodelt hatte. Annegret bückte sich hinter der nächsten Düne. Auch hier war das Leuchten der Scheinwerfer noch zu erkennen. Sie sah die Arme, die Hände, die Beine, die Füße, den Rumpf mit dem Nabelschnurrest und den Kopf. Ob es ein Junge oder ein Mädchen war, konnte Annegret nicht erkennen. Wie ein kleiner, schlaffer Vogel lag das Wesen in ihrer Hand. Annegret grub, bis Blut unter ihren Fingernägeln hervorquoll und der Schmerz sich wie ein Haufen Nadeln anfühlte. Trotzdem war sie erst rund vierzig Zentimeter tief gekommen. Sie nahm die Goldkette, die sie von ihrer Mutter zur Kommunion bekommen und seitdem jeden Tag getragen hatte, legte sie mit in das Loch über das tote Wesen, dann schob sie den Sandhaufen neben der Kuhle darüber und kehrte zum Wagen zurück. Riccarda schien zu schlafen. Gleichmäßig hob und senkte sich ihr Oberkörper, während sie noch immer blutete, erschreckend viel blutete. Die Plazenta lag ein paar Meter entfernt.

»Wir müssen weg hier«, sagte Annegret.

Riccarda zeigte keine Reaktion.

»Ich hebe dich jetzt in den Wagen.«

Auch ohne Riccardas Gegenwehr war es fast unmöglich, ihren Körper ins Auto zu wuchten. Annegret merkte, wie durstig sie war, wie hungrig, wie schlapp. Es war eine Erschöpfung, die nicht nur ihre Glieder wie Gummi erscheinen ließ, sondern die viel tiefer ging. Es war, als wäre ihre Seele zu einem einzigen schwarzen Loch geworden, das sich jederzeit aufblähen konnte, um sie zu verschlingen, einzusaugen und aufzulösen. Sie wusste, dass es ab jetzt immer eine Zeit vorher und eine Zeit nachher geben würde. Die Jahre vor dieser Geburt und die Jahre danach. Sie war nicht mehr diejenige, die sie noch vor wenigen Stunden gewesen war. Und Riccarda würde auch nicht mehr die Riccarda sein, die Annegret gekannt hatte. Kannte sie sich doch selbst nicht mehr.

Sie wusste nicht wie, aber dass sie es schaffen musste und dass es überhaupt keine Alternative dazu gab: Riccarda musste zuerst in den Wagen. Dann ins Krankenhaus.

# Kapitel 7

Die Logik sagte ihr, dass das Gefühl, beobachtet zu werden, noch lange nicht hieß, dass dort wirklich jemand war, der sie nicht aus den Augen ließ. Trotzdem beschleunigte Annegret ihre Schritte und zwang sich, geradeaus zu sehen. Drei Mal hatte sie sich nun schon umgeblickt, seitdem sie das Polizeirevier verlassen hatte, drei Mal hatte sie nichts Außergewöhnliches feststellen können. Autofahrer, Radfahrer, Fußgänger, Kinder, die aus der Schule kamen, alle bewegten sich weiter, niemand war zu erkennen, der den Blick konkret auf sie gerichtet hatte. Trotzdem spürte sie weiterhin dieses warme Prickeln am Rücken, die innere Unruhe, den Drang, wieder und wieder nachzusehen. Eine schnelle Bewegung am Rand ihres Gesichtsfeldes ließ sie innehalten, doch als sie sich umdrehte, war dort nichts, weder ein Mensch noch ein ungewöhnlicher Schatten, nur die Straße mit der Bebauung an beiden Seiten und parkende Wagen. Nicht einmal ein anderer Fußgänger war unterwegs.

Eigentlich hatte sie ihrer Nachbarin versprochen, Sofie schon vor einer halben Stunde abzuholen, trotzdem ging Annegret zuerst nach Hause, um zumindest ein paar Minuten für sich zu haben und alles, was geschehen war, innerlich abzustreifen. Sofie spürte sofort jede Unruhe, die sie dann mit Weinen quittierte. Das machte es so gut wie unmöglich, den Tag hinter sich zu bringen, ohne am Ende völlig mit den Kräften am Ende zu sein. Bevor Sofie kam, musste sie es schaffen, das Geschehene, den Besuch bei Steffen, ihre Sorgen, ihre Ängste und auch ihre Hoffnungen hinter sich zu lassen.

Der Schlüssel ging ungewöhnlich schwer ins Schloss, als befände sich Erde darin oder als hätte sie den falschen Schlüssel. Dann stutzte Annegret noch einmal. Sie war sich absolut sicher, dass sie beim Verlassen des Hauses zwei Mal abgeschlossen hatte, so, wie sie es immer tat. Nun ging die Tür direkt auf, schon als sie den Schlüssel halb umgedreht hatte. Sie hielt inne. Alle ihre Sinne waren hellwach. Langsam und leise wie ein Eindringling trat Annegret ins Innere. Zuerst registrierte sie den Geruch nach kaltem, abgestandenem Zigarettenrauch und Schweiß – nicht stark, aber deutlich genug, um zu wissen, dass jemand im Haus gewesen war. Jemand Fremdes. Noch vom Eingangsbereich aus sah sie, dass ihre Bücher auf dem Fußboden verstreut lagen und die Sofakissen von der Couch geworfen waren, als wäre ein Wirbelsturm durch das Zimmer gefegt. Annegret unterdrückte einen Schrei, hielt sich eine Hand vor den Mund und stützte sich mit der anderen an der Wand ab. Dann wankte sie rückwärts zurück ins Freie. Hektisch kramte sie in ihrer Handtasche nach ihrem Handy. Sie tastete Taschentuchpackungen, Halsbonbons, ihr Portemonnaie, Kaufbelege und alles Mögliche sonst. Doch auch als sie die Tasche auf dem Kies vor der Garage ausgeleert hatte, blieb ihr Handy verschwunden. Annegret griff Tasche und Portemonnaie, den Rest ließ sie auf dem Boden liegen. Später hatte sie noch genug Zeit, alles einzusammeln.

Außer Atem erreichte sie das Nachbarhaus.

»Maria!« Ihre Stimme überschlug sich, sie läutete und klopfte zugleich, sah dabei immer wieder zu ihrem eigenen Haus hinüber, ob jemand herauskam.

»Hallo?«, fragte eine tiefe Stimme. Einer der zwei jungen Männer aus dem ersten Stock lugte von der Wohnung nach draußen. So oft hatte Annegret die beiden kommen und gehen sehen, aber noch nie hatte sie mit einem von Marias Mietern gesprochen. Zu sehr war sie in ihrer eigenen Welt gefangen gewesen zwischen der Arbeit für den Verein und den Nachhilfestunden am Nachmittag. Nun erschien es ihr grotesk, dass sie in all den Monaten noch keine Zeit gefunden hatte, zumindest ein paar Worte mit ihnen zu wechseln oder sich vorzustellen.

»Wo ist Maria?«, fragte Annegret.

»Nicht da.«

»Was heißt ›nicht da‹?«

»Sie passt für irgendwen auf ein Baby auf. Ist mit ihm in den Wald gegangen, glaube ich. Kann ich was ausrichten?«

»Rufen Sie die Polizei. Den Notruf. Bitte. Bei mir ist eingebrochen worden!« Sie wunderte sich über sich selbst, wie ruhig sie sich anhörte.

»Okay …«, klang es gedehnt, mit einem Heben der Stimme am Ende, sodass nicht klar war, ob die Dringlichkeit auch angekommen war, die sie ausdrücken wollte. Annegret stöhnte. Das hörte sich an, als würde der junge Mann erst noch unter die Dusche gehen, sich dann in Ruhe anziehen, einen Kaffee kochen und irgendwann, wenn er noch daran dachte, die Polizei alarmieren.

Doch nur wenige Sekunden später öffnete sich die Haustür. Gleichzeitig hörte Annegret eine leise, gesummte Melodie hinter sich, drehte sich um und erkannte den roten Haarschopf. Obwohl die Temperatur rund zehn Grad betrug, kam Maria nur mit Jeans, einem T-Shirt und Pulswärmern bekleidet zwischen den Bäumen hindurch. Sie hatte Sofie mit einem Tuch vor den Bauch gebunden, hielt ein Buch in der Hand, las im Gehen. Ihre Schritte waren absolut sicher, traumwandlerisch, während ihr Blick auf dem Buch ruhte.

»Da bist du ja.« Annegret atmete auf. Am Rand der Straße sah sie einen Polizeiwagen heranrollen.

Dann ging alles ganz schnell. Die Beamten nahmen ihre Aussage auf. Fotos wurden gemacht, Fenster und

Türen untersucht. Ob etwas fehlte? Auf Anhieb konnte Annegret es nicht wirklich feststellen. Schmuck und Bargeld waren noch da, aber bei dem Chaos, das nicht nur im Wohnzimmer, sondern auch in allen anderen Räumen herrschte, würde sie Tage brauchen, um alles wieder herzurichten und einen Überblick zu bekommen. Wenn sie den Blick von einem Zimmer zum anderen schweifen ließ, kam ihr alles so fremd vor, als wäre das gar nicht mehr ihr eigenes Haus. Mit der Ordnung und ihrem Geruch war auch das Gefühl von Sicherheit und Geborgenheit verloren gegangen.

Gemeinsam mit den beiden jungen Männern und Maria, die die schlafende Sofie noch immer wie eine Kängurumutter ihr Junges vor sich hertrug, sah Annegret eine Stunde später dem abfahrenden Polizeiwagen nach.

»Mittwochs ist ja mein freier Tag«, sagte Maria. »Ich kann mich noch weiter um die Kleine kümmern. Es macht mir wirklich nichts aus.«

»Wir helfen gern beim Aufräumen.« Die beiden Männer nickten sich zu.

»Ich weiß nicht …«, überlegte Annegret. Sie kämpfte mit den Tränen. Dünnhäutig war sie geworden wegen der durchwachten Nächte, dieses Chaos, das über sie hereingebrochen war. Die Freundlichkeit der Nachbarn war die Kleinigkeit, die ihre äußere gelassene Fassade vollständig zum Einsturz zu bringen drohte. Schon dass Maria so kurzfristig als Babysitterin eingesprungen war, dass die beiden geholfen hatten, die Regale im Schlaf-zimmer wieder aufzustellen – die drei hatten bereits so viel geholfen, dass Annegret nicht wusste, wie sie sich jemals revanchieren könnte. Sie wollte etwas sagen, aber ihre Stimme versagte.

»Keinen Widerspruch«, sagte Maria. »Das wird schon wieder.«

»Danke.« Annegret drückte Maria von der Seite, vor-sichtig, um Sofie im Tragetuch nicht zu berühren und damit zu wecken. Marias Unerschütterlichkeit und Zuversicht waren wie ein Anker, an dem sie sich nun festhielt. Es waren diese Eigenschaften, über die sie früher den Kopf geschüttelt hatte, wenn Maria bei ein-brechender Dämmerung allein durch den Wald wan-derte mit einem Buch in der Hand. Dass sie lieber fünf Bienenvölker hielt anstatt einer Katze, Wellensittichen oder einem Hund.

»Dann gehen wir das Chaos mal an«, sagte einer der jungen Männer. Maria verschwand mit Sofie im Nach-barhaus.

Anfangs war es Annegret unangenehm, dass die Nachbarn, die sie kaum kannte, ihre Bücher auf Haufen stapelten, in der Küche verschüttete Milch putzten und ihre Kleidungsstücke falteten, während sie selbst ver-suchte, ihr Handy zu finden. Es war weder bei Steffen, der versprach, so schnell wie möglich zu kommen und auch zu helfen, noch war es über das Internet zu orten. Entweder war die Batterie leer – was aber eigentlich nicht sein konnte, da Annegret das Gerät jede Nacht an die Steckdose anschloss – oder es befand sich in einem Funkloch. Die dritte Möglichkeit war noch unangenehmer: Jemand hatte es gestohlen und ausgeschaltet. Annegret wollte kein Risiko eingehen. Sie sperrte die SIM-Karte und löschte das Gerät aus der Ferne. Einer der Mieter von nebenan holte sein ausrangiertes Smartphone für sie, besorgte an der Tankstelle eine neue SIM-Karte und überreichte ihr das Handy mit einem Lächeln. „Eigentlich wollte ich es in den nächsten Tagen online stellen zum Verkauf. Es funktioniert noch perfekt. Ich habe mir nur ein Neues gekauft, um ein größeres Display zu haben. Aber wenn ich an die Mühe denke fürs Einstellen und Verschicken … Es ist geschenkt." Annegret wusste gar nicht, wie sie sich jemals dafür erkenntlich zeigen konnte.

Schon am Nachmittag war ihr Haus dank all der Hilfe, die sie bekam, wieder so aufgeräumt, dass ein Besucher nichts von dem Chaos geahnt hätte, das der oder die Einbrecher wenige Stunden zuvor angerichtet hatten. Annegret war so erschöpft, dass sie die Nachhilfeschüler für die gesamte und auch noch für die folgende Woche absagte. Selbst wenn es dadurch diesen Monat finanziell eng werden würde, war sie glücklich über diese Entscheidung. Sie konnte nicht mehr so tun, als hätte sich nichts verändert, konnte nicht an einem Alltag festhalten, der sich sowieso nicht aufrechterhalten ließ.

Sofie schlief ruhig im ersten Stock, so fest wie nie zuvor. Annegret dachte daran, dass Steffen noch kommen wollte, doch sie war so müde, dass sie nicht wusste, wie sie sich auch nur noch eine einzige Stunde wachhalten sollte. Ihre Augen brannten und juckten und fielen selbst im Stehen immer wieder zu. So schrieb sie Steffen von ihrem neuen Handy aus eine Nachricht, schlug vor, am nächsten Tag in seiner Mittagspause gemeinsam essen zu gehen.

Noch vor den Acht-Uhr-Nachrichten, die sie sonst immer ansah, legte sich Annegret ins Bett neben Sofie. Sie hörte auf den gleichmäßigen Atem der Kleinen, auf das Rauschen der Blätter der alten Bäume vor dem Fenster. Draußen knackte und krachte es, es knirschte und rappelte, doch Annegret kannte die Ursache: Gerade im Herbst, wenn es immer kälter wurde, kamen die Wildschweine aus dem Wald näher an die Häuser. Manchmal gruben sie Löcher in das Gras oder pflügten den Rasen in Schollen um auf der Suche nach Nahrung. Mit der fortschreitenden Nacht wurde es auch draußen immer ruhiger. Der Wind nahm ab, das Rauschen der Blätter legte sich, das Prasseln des Regens ebbte ab. Um diese Uhrzeit fuhr kein Wagen mehr die Straße entlang. Doch anstatt zu entspannen, schweifte Annegrets Blick im Halbdunkel des Lichtes, das im Bad angeschaltet war, über Regale und Kleiderschränke. Noch immer glaubte sie, den fremden Geruch wahrzunehmen, ahnte aber, dass es nur ihre eigene Einbildung war und der Ekel bei dem Gedanken daran, dass irgendjemand, von dem sie nicht wusste, wer er war, ihr Persönlichstes durchwühlt hatte. Es schüttelte sie bei der Vorstellung, wie derjenige ihre Unterwäsche in Händen gehalten, ihre Shirts herausgerissen hatte. Es fühlte sich an, als wäre nicht nur ihre Kleidung, sondern sie selbst gegen ihren Willen berührt worden.

So leise wir möglich stand Annegret auf, rieb sich über das Gesicht, um der Müdigkeit wenigstens für ein paar Minuten Einhalt zu gebieten. Sofie seufzte, schlief aber weiter, auch als Annegret das Nachtlicht anschaltete, als sie die gesamten Kleidungsstücke aus dem Schrank nach und nach in den Keller trug. Sie wusste, dass sie sowieso nicht würde schlafen können, keine Ruhe finden – war sie auch noch so müde –, bevor nicht zumindest die erste Waschmaschinenfüllung eingeladen und die Maschine gestartet war. Mit Kraft drückte sie noch zwei Jeans in die bereits übervolle Trommel, dann schloss sie die Maschine. Ein Klackgeräusch ließ sie innehalten. Es kam von oben. Oder von draußen? Dann war sie sich nicht mehr sicher, ob sie das Geräusch wirklich gehört hatte oder ihre Müdigkeit ihr einen Streich spielte. Annegret lauschte in die Dunkelheit. Die Erschöpfung verschwand von einer Sekunde auf die nächste, als wieder etwas zu hören war: ein Scharren. Noch einmal ein Klacken. Schrittgeräusche. Annegret unterdrückte ihre Panik und den Hustenreiz, der damit einherging. Sie schwitzte und fror zugleich. Ihre Beine zitterten.

Es war jemand im Haus. Eindeutig.

Annegret hielt den Atem an, zwang ihre Gedanken weg von der Panik, weg von dem Drang, nach oben zu stürmen und so schnell wie möglich rauszurennen ins Freie. Es war nicht einmal garantiert, dass sie die Haustür erreichen würde, sollte der Eindringling sie bemerken. Oder waren es mehrere?

Sie streifte ihre Hausschuhe von den Füßen und drückte sich in denSchatten an der Wand entlang in Richtung Treppe. Zu gern hätte sie das Licht ausgeschaltet, um sich selbst einen Vorteil zu verschaffen, denn sie war diejenige, die sich auch im absolut Dunkeln in den Räumen zurechtfand. Doch jede Betätigung eines Lichtschalters würde die Aufmerksamkeit auf sie lenken. Auf halber Treppe kam ihr eine Idee: Sie kehrte wieder um und schaltete die Hauptsicherung aus. Mit einem lauten Klacken wurde es schwarz um sie, aber nun war es auch im Hausflur und im Schlafzimmer dunkel. So war auch Sofie erst einmal sicherer, solange sie nicht aufwachte. Die Kälte und Feuchtigkeit des Kellerbodens krochen vom Beton durch die Socken über die Füße in ihren gesamten Körper. Annegret hielt sich im Kellerflur am Handlauf fest, tastete sich mit den Zehen Stufe um Stufe aufwärts, bis ihre ausgestreckte Hand an etwas Hartes stieß. Holz. Die Tür. Sie war sich zu hundert Prozent sicher, die Tür offen gelassen zu haben, um Sofie hören zu können und weil sie sowieso nach wenigen Minuten wieder ins Schlafzimmer hatte zurückkehren wollen. Warum hätte sie die Tür auch schließen sollen? Annegret drückte ein Ohr gegen die Tür und lauschte. Ob sich jemand direkt dahinter befand?

Dann erklang ein Schluchzen, das sich innerhalb weniger Sekunden in ein Schreien wandelte und so schrill wurde, dass der Ton in Annegrets Ohren ein Fiepen auslöste. Sofie! Sie war aufgewacht! Der Gedanke, was das bedeuten könnte, ließ ihre Angst sofort verschwinden. Was, wenn der Eindringling Sofie entdeckte? Sie wollte es sich nicht ausmalen.

Annegret drückte die Türklinke herunter, nichts bewegte sich. Sie ging ein paar Stufen abwärts, setzte zum Lauf an, warf sich mit ihrem gesamten Gewicht gegen die Tür, doch die blieb geschlossen. Dann rüttelte sie an der Klinke, hämmerte gegen die Tür, warf sich noch einmal dagegen, so fest, dass ein Schmerz an der Schulter sie aufschreien ließ – nichts. Wenn die Tür sich doch nur in die andere Richtung öffnen ließe! Nicht zu ihr hin, sondern von ihr weg! Dann wäre es viel einfacher! Dann würde es reichen, dagegenzutreten und das Schloss damit aus der Zarge zu sprengen. So war sie gefangen, der Türrahmen bildete neben dem Schloss eine weitere Barriere.

»Hilfe!« Annegret schrie, um von Sofie abzulenken, bis sie heiser wurde. Dann begriff sie: Es hatte keinen Zweck. Der Eindringling reagierte nicht. Der Abstand zum Nachbarhaus war zu groß, die Wände waren zu dick.

Sie rannte wieder in den Keller, schaltete die Hauptsicherung abwechselnd ein und aus, ein und aus, in der Hoffnung, dass irgendjemand an der Straße vorbeikam oder einer der Nachbarn zufällig aus dem Fenster sah. Das Küchenlicht, das Nachtlicht im Schlafzimmer und auch die vordere Außenbeleuchtung waren angeschaltet, so musste theoretisch das Licht ununterbrochen flackern. Sie versuchte, sich an das Notsignal zu erinnern, um mit dem Licht des Hauses eine konkretere Botschaft zu senden, doch in ihrem Kopf war nichts als Leere.

Sofies Schreien verstummte so plötzlich, dass es noch erschreckender war als die vorhergehende Panik des Babys.

»Hallo?«, rief es von oben. Unsagbar erleichtert erkannte sie Steffens Stimme.

Annegret ließ die Sicherung angeschaltet, rannte nach oben und polterte gegen die Tür, rüttelte an der Klinke. Sie registrierte nicht, wie der Schlüssel umgedreht wurde, so knallte die aufschwingende Tür gegen sie. Annegret stöhnte.

»Sofie!« Sie konnte keine Zeit mit Erklärungen verschwenden, nahm zwei Stufen zugleich, rannte ins Schlafzimmer, schaltete das Deckenlicht an. Sofie lag nicht mehr im Bett, sondern auf dem Fußboden, bewegungslos, als würde sie schlafen. Annegret presste sich eine Hand auf den Mund. Tot, dachte sie. Tot. Der

Schrei, den sie erwartet hatte, kam nicht. Sie taumelte zu Sofie, strich über die Stirn, die so glatt und weich war wie ein Pfirsich, mit vielen kleinen Härchen, so hell und dünn, dass man sie nicht sehen, nur fühlen konnte.

Zuerst dachte Annegret, sie würde fantasieren, als Sofie die Augen aufschlug. Dann begriff sie, dass es real war. Sofie lebte. Sie war nicht tot. Was auch geschehen war, sie lebte! Annegret hob den kleinen Körper hoch, presste ihn an sich, woraufhin Sofie wieder zu schreien anfing, doch diesmal nicht schrill, nicht panisch, eher wie eine Erinnerung an die Fütterungszeit, die anstand.

»Was ist hier los?«, fragte Steffen.

»Dass du gekommen bist!« Annegret schloss die Augen. Jetzt, da sie wusste, dass Sofie nichts geschehen war, war alles andere gleichgültig.

»Wir waren doch verabredet«, sagte er. »Es ist nur etwas später geworden, aber du gehst ja nie früh ins Bett. Und dann habe ich gesehen, dass deine Haustür nur angelehnt war.«

»Ich hatte dir eine Nachricht geschrieben.«

»Es ist nichts angekommen.« Steffen holte sein Handy hervor, dann schlug er sich gegen die Stirn. »Die hatte ich gar nicht beachtet, weil sie von einer anderen Nummer aus geschickt wurde. Das war Glück im Unglück. Aber was ist hier los? Annegret! Jetzt rede!« Er nahm ihr Gesicht in seine Hände und drehte es so zu sich, dass sie nicht anders konnte, als den Blick von Sofie zu ihm zu wenden.

»Jemand war hier im Haus. Er hat mich eingeschlossen.« Annegret überlegte. »Oder sie. Oder mehrere. Ich weiß es nicht. Heute Vormittag ist auch schon eingebrochen worden – während ich bei dir war. Und mein Handy ist weg, aber das weißt du ja alles. Wenigstens habe ich jetzt wieder eins von einem Nachbarn, das ich benutzen kann. Und da ist jemand, der mich beobachtet. Ich habe niemanden gesehen, aber ich weiß es. Ich bin mir ganz sicher. Es fing an, als ich vom Revier gekommen bin. Nein, schon als ich zu dir gegangen bin. Da war jemand.« Sie ärgerte sich, weil es so wirr klang, was sie sagte, abgehackt wegen ihres hektischen Atems.

»Ich rufe die Kollegen an.«

Steffens Worte hörten sich immer dumpfer und leiser an, als würde sie unter Wasser getaucht, tiefer und tiefer. Annegret schnappte nach Luft, doch der Druck im Ohr wurde nicht besser, sondern verstärkte sich.

»Hier, nimm du sie!« Annegret legte Sofie in Steffens Arme, weil ihre Hände so zitterten und es ihr so schwarz vor Augen wurde, dass sie nicht wusste, wie lange sie das Baby noch sicher halten konnte.

»Annegret, bitte! Bei dir ist eingebrochen worden. Was wurde gestohlen?«, fragte Steffen. Sofie schlief in seinem Arm sofort ein, als hätte jemand einen Schalter umgelegt.

Annegret setzte sich aufs Bett und massierte ihre Schläfen. Sie versuchte, klar zu denken, doch in ihrer Vorstellung sah sie noch immer Sofies reglosen Körper auf dem Fußboden. Spürte die Kälte des Kellers und ihre Panik, wie sie gegen die Tür gehämmert hatte. Das ließ sich nicht abstreifen wie ein alter Mantel.

»Warum legt jemand ein Baby auf den Boden? Warum, Steffen? Sag es mir!« Sie begriff das alles nicht. Weder, wer all das tat, noch zu welchem Zweck. Es ergab doch keinen Sinn!

»Was ist gestohlen worden?«

»Beim ersten Mal? Nichts.«

»Und jetzt? Was fehlt?«

Annegret blickte sich um. »Die Kissen und Decken liegen auf dem Boden. Die Matratze ist verschoben, guck, die liegt nicht richtig auf.« Sie öffnete die Nachttischkommode, dann die Schränke im Schlafzimmer, sah im Badezimmer, im Arbeitszimmer, im Wohnzimmer und schließlich in der Küche nach. Dass im Keller etwas verändert worden war, konnte sie ausschließen.

»Das ergibt doch alles keinen Sinn«, sagte sie und blickte auf Sofie, die noch immer in Steffens Arm schlief, den Mund leicht geöffnet. Hinter den geschlossenen Lidern bewegten sich die Augäpfel, dann schürzte Sofie die Lippen wie zu einem Kuss.

»Kannst du erkennen, was fehlt?«, fragte Steffen noch einmal.

Das Geld war da. Der Schmuck war da, ebenso ihr Computer. Sie hatte das Gefühl, auf ein Vexierbild zu starren und das zweite Bild einfach nicht zu erkennen, das sich dort verbarg. Es war direkt vor ihren Augen, darauf hätte sie alles verwettet, aber sie sah es nicht.

»Nichts fehlt.«

Auch als sie das gesamte Haus noch einmal systematisch mit zwei Streifenbeamten untersuchte, fiel ihr keine weitere Veränderung auf.

Ratlosigkeit stand auf den Gesichtern der beiden Polizisten in Uniform geschrieben, ebenso Ungeduld, die sie zwar gut hinter ihrer professionellen Höflichkeit versteckten, die aber für Annegret unübersehbar war. Ihr entging nicht, wie die Blicke der beiden immer häufiger abschweiften, wenn sie wiederholte, was sie schon so oft gesagt hatte: Die Einbrüche mussten doch einen Sinn haben. Sie war sicher, dass das mit Riccarda zusammenhing, denn mit deren Auftauchen hatte es begonnen.

»Riccarda ist nicht tot«, sagte sie noch einmal. »Sie lebt. Der Gedanke an Selbstmord ist völlig widersinnig. Sie hat eine kleine Tochter. Dafür lohnt es sich doch zu leben! Und sie hat Probleme mit den Leuten oder der Person, die jetzt zweimal bei mir eingebrochen ist. Das hängt zusammen. Riccarda hat sich möglicherweise mit irgendjemandem …«

»Es ist okay.« Steffen legte ihr eine Hand auf die Schulter und brachte sie damit zum Schweigen. Dann wandte er sich an die Streifenpolizisten. »Es ist jetzt kurz nach Mitternacht. Alles, was getan werden konnte, ist getan. Ihr könnt gehen. Ich kümmere mich weiter.« Er überreichte ihr Sofie, schloss hinter seinen Kollegen die Eingangstür.

»Du nimmst das nicht ernst.« Annegret setzte sich aufs Sofa und wartete, dass Steffen neben ihr Platz nahm, doch er blieb im Flur stehen.

»Natürlich tue ich das. Was denkst du, was wir hier in den letzten Stunden getan haben? Spuren gesichert, Nachbarn befragt, mehr geht nicht.«

»Ich weiß ja, es tut mir leid.«

»Ihr beide solltet schlafen gehen. Versuchen, an etwas anderes zu denken.«

Annegret nickte gedankenverloren. Eigentlich musste Sofie alle zwei Stunden gefüttert werden, Tag und Nacht. Nun lag das letzte Fläschchen schon fünf Stunden zurück, was ihr durch all das Chaos entgangen war.

»Dann mach's gut. Ich kümmere mich um das Fläschchen für Sofie.«

Vom Küchenfenster sah Annegret Steffen nach, wie er in seinen Wagen stieg und abfuhr. Am liebsten wäre sie mit ihm mitgekommen, hätte in seiner Wohnung übernachtet. Doch dann hätte sie auch Sofie mitnehmen müssen. Sie wollte ihm nicht zumuten, dass auch seine Nacht alle zwei Stunden durch das Babygeschrei unterbrochen wurde. So kontrollierte sie mit Sofie auf dem Arm noch einmal alle Fenster und Türen, dann nahm sie das Fläschchen und machte es sich auf dem Wohnzimmersessel bequem.

»Hier, deine Milch«, sagte Annegret. Sie stupste mit dem Sauger an Sofies Lippen, die sich üblicherweise sofort öffneten, doch nun drehte Sofie den Kopf beiseite, ließ sich schlaff im Arm hängen.

»Willst du denn gar nichts trinken?«

Sofie zeigte keine Reaktion.

Annegret versuchte es um ein Uhr noch einmal, um zwei Uhr, um halb drei und um drei. Dann ahnte sie: Irgendetwas stimmte mit Sofie nicht.

# Kapitel 8

D a! Am Turm. Habt ihr das gesehen?«
Riccarda duckte sich hinter der Mauer unter
dem Fenster und kauerte sich zusammen. Alle
ihre Sinne waren so geschärft, dass sie glaubte, die Stimmen auf dem Hof befänden sich direkt neben ihr. Auch
der Geruch nach altem Gemäuer, Feuchtigkeit, Moos
und Erde wurde in ihrer Panik überdeutlich, daneben
roch sie ihren eigenen Schweiß.

»Wo?«

»Da oben! Bist du blind?«

»Da ist nichts.«

»Oben ist jemand. Garantiert. Los, mir nach.«

Sie hörte Schritte, die lauter wurden und durch das
Treppenhaus des Turmes nach oben hallten. Auch wenn
die Treppe zum Teil eingestürzt war und niemand so
einfach zu ihr hochkommen konnte, war sie hier nicht
sicher. Es war nur eine Frage der Zeit, bis die falschen
Mönche den Zugang zum Turm entdeckten, den sie
auch benutzt hatte. Die Zeit drängte. Sie musste ihr Versteck verlassen, bevor die anderen zurück auf dem Hof

waren und sie von dort aus auf dem Dach entdecken würden. Riccarda wuchtete ihren Körper durch das Fenster, dann auf der anderen Seite wieder abwärts. Die Kleidung scheuerte an den Steinen entlang, das Ratschen von Stoff ließ sie zusammenzucken. Weiter, sagte sie sich, egal, was nun passiert. Weiter. Dass Nieselregen eingesetzt hatte, erschwerte die Sache. Feuchtigkeit hatte das Moos auf den Dachpfannen aufquellen lassen. Es war glitschig wie mit Seifenlauge überzogen. Auf der Dachschräge wurde so jeder Schritt zum Balanceakt. Riccardas Knie zitterten, dann weiteten sich die schnellen, unkontrollierten Muskelkontraktionen aus. So wurde es immer schwerer, sich fortzubewegen, ohne abzustürzen. Die Vorstellung, was alles mit ihr passieren könnte, ließ sie den Schmerz im verletzten Knöchel nicht mehr spüren. So sehr sie sich auch beeilte, es kam ihr vor, als würde sie sich nur zentimeterweise fortbewegen. Dann war es endlich geschafft.

Im Hauptgebäude angekommen bestand keine Absturzgefahr mehr, trotzdem nahm das Zittern ihrer Beine und Arme nicht ab, sondern verstärkte sich weiter. Es fühlte sich an, als würde jemand sie packen und würgen. Die Überlegung war so logisch wie erschreckend: Der Ort, der ihr am meisten Sicherheit bot, war der Keller. Sie musste zu den Leichen, sich selbst tot stellen, zumindest so lange, bis die Suche abgebrochen würde.

Riccarda rannte den breiten Gang entlang durch die Dunkelheit, hin zu der Treppe, die sie von außen an der Nordseite gesehen hatte. Das Licht, das durch das Haupttreppenhaus zu ihr herüberdrang, reichte gerade, um den Verlauf des Ganges grob zu erkennen. Die Möglichkeit, dass sich ein Hindernis vor ihr auftat oder ein Teppich zur Stolperfalle wurde, ließ sich nicht ausschließen. Riccarda rannte weiter. Nach der ersten Biegung war es noch dunkler. Sie wagte es nicht, die Taschenlampe des Handys einzuschalten, weil das Licht möglicherweise draußen zu sehen wäre. Ein Lichtpunkt, der sich noch dazu bewegte, war wie ein Signal. So tastete sie sich langsam mit ausgestreckten Armen zur nächsten Biegung, dann geradeaus, bis ein kühler Luftzug ihr anzeigte, dass das Treppenhaus nicht mehr weit war. Noch vorsichtiger schob sie sich Schritt für Schritt voran, die Füße auf dem Boden, wie jemand, der auf einer Eisfläche schlitterte, um nicht von einer Stufe überrascht zu werden. Dann stieß sie mit dem Knie gegen etwas Hartes, fühlte mit den Händen die Kühle von Metall, darüber Holz. Ein Geländer. Daran hangelte sie sich abwärts. Die Luft war abgestanden, als wäre dieses Treppenhaus jahrhundertelang nicht mehr benutzt worden. Es war so dunkel, dass ihre Augen aus sich selbst heraus ein helles Flirren produzierten und ihr vorgaukelten, weißlich gelbe Schlieren und Punkte würden vor ihr tanzen, ihr entgegenkommen, vor ihr fliehen. Nun schaltete sie doch das Handydisplay an, wenn auch nicht die Taschenlampenfunktion. Der bläuliche Schein reichte, um der Umgebung Konturen zu verleihen. Sie schauderte, als ihr Blick auf das fleckige Muster fiel, das der Schimmel an den Wänden bildete. Nun begriff sie auch, woher der seltsame Geruch stammte. Sie wandte den Kopf wieder abwärts, konzentrierte sich auf ihr Fortkommen. Schon im Erdgeschoss konnte sie das Display ausschalten, weil es heller wurde. Die Kellertür war so undicht, dass ihr Anblick an eine Sonnenfinsternis erinnerte in ihrem Schwarz, von einer Korona aus Licht umgeben. Mit einem lauten Quietschen ließ sich die Tür öffnen. Die Kellerbeleuchtung war so grell, dass sie blendete. Neonröhren flackerten, tauchten die Wände in einen unwirklich grünen Schein. Riccarda wartete nicht, ob jemand kam, sie beeilte sich weiterzukommen. Spuren von verschmiertem Blut auf dem Boden und ein leises Stöhnen und Wimmern wiesen ihr den Weg. Hier gab es an vielen Stellen keine Türen, sondern Torbögen zwischen dem Mittelgang und den abgehenden Räumen. Die Decken waren niedrig und feucht, der Boden erdig und voller Wasserlachen. Die hohe Luftfeuchtigkeit und die Kälte waren so intensiv, dass es war, wie in einem Sommerkleid durch winterlichen Nebel zu waten. Die Luft schien so dick und abgestanden, als ließe sie sich in Stücke schneiden. Riccarda hielt die Augen halb geschlossen in Erwartung des Bildes, das sich vor ihr ausbreiten würde. Alle Erinnerungen an Fernsehkrimis und Horrorfilme, die sie je gesehen hatte, kamen nun hervor. Zerfetzte Körper. Erschossene. Blut, an die Wände gespritzt. Doch als sie den ersten Blick in den Raum warf, in dem sich die Mönche und die vier Jugendlichen befanden, sackte sie auf die Knie. Sie sah den Kopf eines Mönches, der in seiner Zerfetztheit nichts Menschliches mehr an sich hatte, eine Blutlache, in der Kates verdrehter Körper schwamm, doch mehr als die Größe der Lache erschreckte Riccarda etwas anderes. Kate bewegte sich. Ihre Lider flatterten. Die Hände zitterten, die Nasenflügel bebten. Der Brustkorb hob und senkte sich so schnell, dass unverkennbar war: Kate lebte. Mit den blauen Lippen, dem blutverschmierten Gesicht und der darunter durchscheinend fast weißen Haut wirkte sie wie eine Wachspuppe aus einem Horrorkabinett.

Riccarda berührte sie vorsichtig am Brustkorb und dann an der Wange. »Kate!« Sie holte ein Papiertaschentuch aus ihrer Hosentasche, wischte das Blut ab, so gut es eben ging, nahm dann etwas Wasser zu Hilfe, das zwischen den Mauersteinen abwärts tröpfelte.

Als Antwort kam ein leises Stöhnen.

»Ich hole Hilfe. Halt durch. Du schaffst das!« Riccarda merkte, wie ihr Tränen über das Gesicht rannen, wie ein warmer Bach, der von den Augen über Nase, Lippen und Kinn lief. Sie wusste nicht einmal ansatzweise, wie sie ihr Versprechen einlösen sollte, auch wenn sie alles dafür geben würde, was sie besaß, einschließlich ihres eigenen Lebens.

Dann nahm sie rechts eine Bewegung aus dem Augenwinkel wahr. Eine Hand schob sich unter einem der verdrehten Körper hervor. Es war Paul. Langsam ging Riccarda auf ihn zu.

»Ich bin da. Alles wird gut«, flüsterte sie.

Riccarda gab sich einen Ruck. Sie ging von einem zum anderen, hielt einen angefeuchteten Finger unter die Nasen, fühlte an den Halsschlagadern nach einem Puls. Anschließend kauerte sie sich hinter einer Säule in einer Ecke zusammen, die so dunkel war, dass sie das Gefühl hatte, sich immer mehr mit der Schwärze zu verbinden und selbst zur Finsternis zu werden. Mit ihren Armen umklammerte sie die Knie, als könnte sie damit ihre eigene innere Auflösung aufhalten. Es war, als wäre sie gar nicht mehr vorhanden. Langsam schaukelte Riccarda ihren Oberkörper vor und zurück, während sie den entfernten Stimmen und Schrittgeräuschen zuhörte, die mal lauter, mal leiser wurden. Es war unverkennbar: Die falschen Mönche hatten die Suche längst noch nicht aufgegeben. Sie vergegenwärtigte sich noch einmal die Situation: Paul war wieder bewusstlos. Kate bewegte sich nicht mehr, reagierte nicht auf Ansprache, aber sie lebte, schien von allen diejenige zu sein, die am wenigsten Verletzungen davongetragen hatte. Die Schusswunde an ihrer Seite blutete, war aber oberflächlich, wahrscheinlich nicht lebensgefährlich. Der Abt war tot, mit ihm fünf weitere Mönche, ebenso wie Mika und Ben. Daran gab es keinen Zweifel. Aber bei drei der Mönche war definitiv Atem zu spüren gewesen.

Riccarda drückte sich hoch, um die noch Lebenden so gut es ging zu versorgen, zu versuchen, die Blutungen mit fest gewickelten Kleidungsstücken zu stillen. Das war das Einzige, was ihr in der Situation einfiel. Dann hielt sie inne. Die Schrittgeräusche wurden nun lauter. Der Hall bahnte sich seinen Weg durch die Gänge. Sohlen schlugen mit einem Knallen auf der Treppe auf, wurden leiser auf dem weichen, unbefestigten Keller-boden, dafür wurden die Stimmen noch deutlicher. Es waren drei Männer.

»Doch nicht hier im Keller.«

»Niemand geht freiwillig zu den Toten.«

»Und wenn doch? Warum nicht? Ich würde es tun.«

»Okay, okay, sehen wir halt nach.«

Der dumpfe Lichtschein, der vom Flur her kam, wurde unterbrochen. Die Körper der Männer zeichneten beim Vorbeigehen deutliche Schatten. Sie trugen noch immer Mönchskutten, was der Situation etwas Irreales, Gespensterhaftes und Unwirkliches verlieh. Der Schein einer Taschenlampe wischte über die Körper der Toten und Verletzten. Riccarda kniff die Augen zusammen.

»Sag ich doch. Hier bewegt sich nichts. Von denen hat keiner irgendjemanden alarmiert. Komm, lass uns wieder gehen.«

Riccarda atmete auf.

»Leuchte noch mal drauf. Da. Hast du das gesehen?«

»Was?«

»Dieser Mönch. Rechts. Ganz rechts hinten. Der hat sich bewegt.«

»Quatsch.«

Das Licht ruhte auf dem Gesicht des Mönches, von dem Riccarda wusste, dass er wirklich lebte. Sie faltete die Hände, presste sich noch dichter an die Wand, nahe an einen Mauervorsprung. An Gott glaubte sie nicht, an gar keine höhere Macht. Trotzdem formten sich ihre Hände wie zum Gebet, ihre Lippen formten ein »Bitte, bitte, hilf mir doch«. Möge sich niemand der Verletzten bewegen, nur für die nächsten Minuten!

»Da. Hast du das gesehen?«

»Was?«

»Die Augen zucken. Und der Brustkorb. Guck doch. Der atmet. Das müssen wir melden.«

»Überprüf du die anderen.«

»Ich kann doch keine Toten anfassen. Das ist nicht unser Job! Das mache ich nicht.«

»Memme. Dann gucke ich eben nach.«

Riccarda hielt den Atem an. Nach und nach beugte sich einer der Männer über die Mönche und die vier Gäste des Klosters.

»Der lebt auch.«

»Der auch. Und die … lebt. Tot. Tot. Lebt. Da haben wir den Salat.«

»Wir müssen das in Ordnung bringen.«

»Wir? Warum wir? Wenn du willst, dann mach. Aber ich gucke mir das nicht an und bin oben.«

»Ich doch nicht.«

»Ich breche das hier ab. So was tue ich nicht. Um keinen Preis der Welt. Ich bin doch kein Mörder. Lieber verzichte ich auf die Gage. Das ist es nicht wert. Das könnt ihr auch nicht machen. Wenn man so was tut – töten –, dann ist nichts mehr, wie es vorher war. So was kann man nicht einfach wegschieben.«

»Was bist du denn für einer? Machst du jetzt auf Moralapostel? Es war doch klar, was hier passiert, dass die Mönche sterben und wir sie vorübergehend ersetzen. Das war der Deal.«

»Aber das Mädchen. Davon war nie die Rede. Die ist noch ganz jung.«

»Ach, Mönche kann man umbringen, Frauen und Kinder nicht, oder was? Was in deinem Hirn für ein Schrott abläuft! Oder Junge nicht und Alte schon? Ab welchem Alter denn? Ist doch alles Jacke wie Hose. Wer überleben will, muss kämpfen und Dinge tun, die manchmal unschön sind. So funktioniert das Leben nun mal.«

»Dann mach du es. Mach es, wie du willst, aber ich gucke dabei nicht zu. Ich gehe wieder hoch.«

»Ich auch.«

»Wie gesagt, ich bin kein Mörder. Das tue ich nicht. Um keinen Preis der Welt.«

»Genau. Sollen das diejenigen richten, die es vermasselt haben. Mord ist nicht unser Geschäft.«

Riccarda lauschte in die Stille. Der Mauervorsprung bot ihr Schutz. Es war so ruhig, dass sie das Atmen der Verletzten hören konnte. Dann entfernten sich Schritte, aber einer der Männer blieb vor dem Raum stehen, warf weiterhin seinen Schatten über die am Boden liegenden Körper. Dann stöhnte der Mann auf, fluchte, schimpfte, aber er verharrte nach wie vor nahe den Toten und Verletzten. Dann ließ ein Knall sie zusammenzucken. Riccarda unterdrückte einen Schrei. Völlige Dunkelheit umgab sie nun. Sie hörte, wie von außen ein Schlüssel im Schloss herumgedreht wurde. Sie war gefangen.

Eine Weile wartete sie zur Sicherheit, falls jemand zurückkam, dann schaltete sie ihr Handy ein. Wie erwartet hatte sie keinen Empfang, aber zumindest konnte sie so für etwas Licht sorgen. Um nicht zu verzweifeln, konzentrierte sich Riccarda auf das, was getan werden konnte: Wunden weiterversorgen. Blutungen abbinden, wenn ein Druckverband nicht reichte. Sie sagte sich, dass es am besten wäre, die Kutten der Toten in Streifen zu reißen, um den Stoff als Verbandsmaterial zu nehmen, doch das konnte sie nicht. So logisch es auch war, es ging nicht. Stattdessen nahm sie für jeden Verband Stoff von der Kleidung desjenigen, den sie verarztete. Bei Kate war es am schwersten. Ihre Hose war schon zerrissen, der Pullover so geweitet und ausgeleiert, dass er nicht zu verwenden war. Die Blutung an Kates linker Hüfte konnte sie stoppen, indem sie das Päckchen Taschentücher aus der Hosentasche nahm, den Hosenbund höherschob und das Päckchen damit festklemmte.

Kate öffnete die Augen. »Wir werden alle sterben.« Ihre Stimme klang klar, ohne Trauer, ohne Panik, erschreckend gefasst.

»Nein. Tun wir nicht. Wir kommen hier raus.«

»Wir sollten uns hier selbst aufknüpfen, bevor jemand anderes kommt. Ich will nicht, dass es ein anderer tut, den Zeitpunkt bestimmt, die Art und Weise. Was, wenn sie uns erstechen wollen? Oder verbrennen oder ...«

»An so was darfst du gar nicht denken!« Riccarda nahm Kates Hand. »Wir schaffen das, ganz sicher.«

Kates Hand war so dünn und ohne jede Körperspannung, dass sich die Fingergelenke übereinanderschoben, wenn Riccarda die Hand nur etwas fester drückte. Riccarda ließ die Hand wieder los und leuchtete durch den Raum. Einen Lichtschalter gab es nicht. Die Tür bot durch das dicke Holz und die Metallbeschläge kaum eine Fluchtmöglichkeit.

»Es ist aussichtslos«, sagte Kate. »Hier gibt es kein Entkommen.«

# Kapitel 9

Vier Stunden hatte sie in der Notaufnahme verbracht für eine Untersuchung, die höchstens zehn Minuten gedauert hatte. Atmung, Puls, Körpertemperatur – nirgends war eine Auffälligkeit gefunden worden. So blieb Annegret keine andere Wahl, als mit Sofie nach Hause zurückzukehren und auf die Ergebnisse der Blutuntersuchung zu warten.

»Nicht jede Appetitlosigkeit hat organische Gründe. Hat es in letzter Zeit Veränderungen im Tagesrhythmus gegeben?« Die Worte des Arztes klangen noch in ihr nach, genauso erinnerte sie sich an seinen Blick, als sie kurz, in zwei Sätzen, von Riccardas Verschwinden und den zwei Einbrüchen erzählt hatte. Er hatte genickt, doch sein Gesicht hatte mehr als deutlich ausgedrückt, was er dachte: die nach oben gezogenen Augenbrauen, die gekräuselte Nase, die verschränkten Arme – für ihn war die Angelegenheit damit erledigt. Na, da haben wir es doch, wie soll ein Kind in so einem Umfeld in Ruhe trinken?, so war seine Einschätzung, die er gar nicht offen ausdrücken musste, Annegret wusste es auch so.

Sie trat aus dem Seitenausgang ins Freie. Die Kälte schlug ihr entgegen und ließ ihre Augen innerhalb weniger Sekunden tränen. Auch wenn es am Nachmittag oft noch fast sommerlich warm war, wurden die Nächte schon winterlich ungemütlich. Sie schob Sofie unter ihre Jacke, um den Babykörper zusätzlich zu schützen. Der Himmel war wolkenlos, der Vollmond und die Sterne leuchteten wie in einem Bilderbuch. Über den Dächern kündete ein hellroter Streifen am Horizont vom baldigen Sonnenaufgang. Das gleichmäßige Rauschen des Berufsverkehrs drang von der Hauptstraße herüber und hatte etwas Beruhigendes, fand Annegret. Aus der Ferne drückte sie den Türöffner, hörte das gewohnte Klacken der Entriegelung. Doch im Licht der gleichzeitig aufflackernden Blinker stutzte sie, blieb stehen, betätigte den Schlüssel noch zweimal, in der Hoffnung, sich zu täuschen, doch es war unübersehbar: Die Fahrertür war nicht geschlossen, sondern nur angelehnt.

Langsam näherte sich Annegret dem Wagen, zog vorsichtig die Fahrertür auf. Laub lag auf dem Sitz, das Handschuhfach war geöffnet, der Inhalt auf dem Beifahrersitz und dem Boden verteilt. Sie verharrte bewegungslos, sah abwechselnd in den Wagen und auf den Spaziergänger mit Hund, der sich näherte. Sie konnte um ein Handy bitten und die Polizei verständigen. Auch wenn sie sich nicht viel davon versprach, da auch nun wieder offensichtlich nichts gestohlen, nichts zerstört worden war, war es doch eine zusätzliche Chance,

Fingerabdrücke zu finden oder irgendeinen anderen Hinweis. Andererseits wirkte es auf den ersten Blick so, als wäre sie diejenige, die die Tür offen gelassen und damit schon fast eine Einladung an Fremde ausgesprochen hatte, nachzusehen, ob es im Innern des Wagens etwas zu holen gab.

Sofie warf den Kopf von rechts nach links, als wollte sie sich einen Überblick verschaffen, dann verkrampfte sich ihr Körper und sie fing an zu weinen, so laut und schrill, wie nur ganz junge Säuglinge schreien können. Mit schmatzenden Geräuschen versuchte Sofie, an Annegrets Jacke zu saugen. Damit waren alle Überlegungen von Annegret hinfällig. So zügig sie konnte, packte sie Sofie in die Babyschale, ignorierte das Chaos im Wagen, setzte sich ans Steuer und fuhr los. Auch das Fahrgeräusch, das auf Sofie sonst immer einschläfernd wirkte, brachte keine Beruhigung. Sofie schrie die gesamte Fahrt über, auf dem Weg ins Haus, während Annegret hektisch ein Fläschchen zubereitete und auch noch, als sie versuchte, den Sauger und Sofies Mund zusammenzubringen.

Sofie war außer sich, schrie weiter, obwohl sich die Milch direkt vor ihr befand. Ihr Gesicht lief rot an. Die kleinen Hände ballten sich zu Fäusten, alles in ihr schien gegen einen unsichtbaren Feind anzukämpfen. Sie wand sich, zappelte, konnte wegen ihrer zusammengekniffenen Augen das Fläschchen gar nicht sehen. Dann, von einer Sekunde auf die nächste, fanden Sofies Lippen den

Sauger. Mit ihrem Mund umfasste sie so kräftig das Silikon und sog so ausdauernd, dass sich in der Flasche ein Unterdruck bildete. Nur mit ihrem kleinen Finger gelang es Annegret unter Sofies Protest, immer wieder zwischendurch den Mund vom Sauger zu lösen und Luft in die Flasche einströmen zu lassen, damit Sofie weitertrinken konnte. Das zweite Fläschchen trank sie etwas langsamer, aber auch noch vollständig aus. Beim dritten Fläschchen schlief sie ein. Noch immer umschlossen ihre Lippen den Sauger, erst nach einer Viertelstunde konnte Annegret die inzwischen abgekühlte Milch wegstellen.

Mit der schlafenden Sofie setzte sie sich aufs Sofa und schaltete den Fernseher ein, um sich von all dem Irrsinn um sie herum abzulenken. Ablegen konnte sie Sofie nicht, da die Kleine mit ihrem übervollen Magen in einer aufrechten Position bleiben musste, um die Nahrung bei sich zu behalten. Vergeblich versuchte Annegret, sich auf das Fernsehprogramm zu konzentrieren, an etwas anderes zu denken als an die Einbrüche und daran, was wohl mit Riccarda geschehen sein mochte. Sie zappte durch die Programme, fand aber nichts, was sie interessierte. Dann legte sie die schlafende Sofie vorsichtig ab, ging zum Telefon und wählte Steffens Nummer, um ihm von ihrem Wagen zu erzählen, auch wenn es keinen Hinweis darauf gab, dass er überhaupt aufgebrochen worden war, waren die Türen und Fenster doch unbeschädigt.

»Hallo Steffen, hier ist Annegret«, meldete sie sich. Sofort regte sich ihr schlechtes Gewissen, als sie hörte, wie müde er klang, wie verwaschen seine Stimme. Sie hatte ihn geweckt. Zügig schilderte sie, was geschehen war. »Ich weiß, dass das wenig Konkretes ist, dass ihr mehr als genug Notfälle habt, aber …« Sie stockte.

»Du brauchst dich nicht zu rechtfertigen. Und nicht zu entschuldigen. Die Einbrüche bei dir zu Hause lassen mir im Nachhinein auch keine Ruhe. Und je mehr ich nachdenke, umso mehr scheint mir möglich, dass Riccarda doch noch lebt. Eigentlich hatte ich nicht vor, mit dir darüber zu reden. Ich will dir keine falschen Hoffnungen machen, solange es keinen wirklichen Anhaltspunkt gibt. Auf jeden Fall schicke ich dir jemanden vorbei. Bist du zu Hause?«

Annegret nickte, bis ihr einfiel, dass Steffen sie nicht sehen konnte. Erst jetzt merkte sie, wie müde sie war. Ihre Schlafdauer in der letzten Nacht ließ sich nicht in Stunden, sondern nur in Minuten messen. »Ja. Ich bin da. Danke. Wirklich. Danke. Ich weiß das zu schätzen. Aber wenn ihr den Wagen genau untersucht, ist es die einzige Chance, vielleicht irgendeinen Hinweis auf Riccarda zu erhalten. Es könnte ja diesmal Fingerabdrücke geben. Oder etwas anderes, das ich selbst nicht sehe.«

»Es kann noch etwas dauern, bis der Kollege da ist. Leg dich hin. Versuche, etwas zu schlafen.«

Annegret verabschiedete sich zügig, denn durch das Telefonat war geschehen, was sie befürchtet hatte: Sofie riss die Augen auf, blickte sich suchend um, öffnete den Mund, schloss ihn, verzog das Gesicht. Dann begann sie wieder zu weinen. Annegret fragte sich, woher Sofie diese unbändige Kraft nahm.

»Ist ja gut. Ist ja gut. Ich bin da«, sagte Annegret, nahm den kleinen Körper hoch und schaukelte ihn sanft. Sie sah auf die Uhr. Seit dem letzten Fläschchen war erst knapp eine Stunde vergangen, zu wenig, als dass Sofie Hunger haben könnte. Auch war die Windel noch sauber. Das waren die Momente, in denen Annegret an sich selbst zweifelte. Alles, was möglich war, war getan. Es gab offensichtlich nichts, was Sofie fehlte. Sie war nicht zu kalt und nicht zu warm angezogen, die Bauchdecke war weich, Sofie hatte also keine Blähungen. Und trotzdem schrie sie, schrill, hoch und laut, sodass sich mit Annegrets zunehmender Müdigkeit der Ton in ihren Kopf fräste wie ein Metallbohrer. Sie kam sich vor wie jemand, der versuchte, mit einem Paddelboot den Atlantik zu überqueren, ohne Navigation, ohne Motor, ohne Plan. Nie in ihrem Leben hatte sie sich hilfloser gefühlt.

Gerade als Sofie wieder eingeschlafen war, läutete es an der Haustür. Durch die Scheibe in der Tür erkannte sie einen großen, schlanken Mann mit braunen Haaren. Trotz der Kälte trug er nur ein Holzfällerhemd, ohne Jacke oder Mantel. Annegret verharrte mit der Hand auf der Klinke. Sie hatte einen Polizisten in Uniform erwartet. Dann dachte sie daran, dass Steffen nie eine Uniform trug, genauso wenig wie seine Kollegen von der

Kripo. Steffen hatte zugesagt, einen Kollegen vorbei-
zuschicken, aber etwas an diesem Mann ließ sie stutzig
werden. Er sah anders aus als alle Polizisten, denen sie je
begegnet war. Doch das war es nicht allein. Annegret
überlegte, was sie noch irritierte außer der fehlenden
Uniform. Er wirkte, als würde er nicht einmal einen
Ein-Kilometer-Lauf durchhalten. Seine Arme waren fast
weiblich schlank, seine Gesichtszüge zu weich. Er war
auf keinen Fall jemand, dem man zutraute, eine Waffe
in die Hand zu nehmen oder sich durchzusetzen. Sie
schätzte ihn auf Anfang zwanzig. Annegret schob ihre
Bedenken beiseite, weil sie nicht paranoid wirken wollte.
Wenn Steffen sagte, er schicke jemanden, der sich um
die Angelegenheit kümmert, tat er das auch. Sie öffnete.

»Sie kommen wegen des Wagens?«, fragte Annegret.
und zeigte auf ihren Golf, der am Straßenrand parkte.
»Einen Moment, ich hole die Autoschlüssel. Dann hoffe
ich, dass diesmal Spuren gefunden werden.«

»Nein. Warten Sie.«

Annegret blieb unschlüssig stehen.

Der junge Mann trat einen Schritt zurück. Sein Blick
ruhte auf Sofie. Wenn er schluckte, zuckte dabei jedes
Mal eine Ader an seiner linken Schläfe und sein Adamsapfel hob und senkte sich.

»Ich bin Nils Koslowski. Der Vater des Kindes. Und
ich wollte – ich denke, es ist besser, wenn ich mich um
meine Tochter kümmere.« Er streckte die Arme in Richtung Sofie aus.

Annegret wich einen Schritt zurück.

»Sie haben mich beobachtet.« Nun erinnerte sie sich genau. Diesen Mann hatte sie schon mehrmals gesehen. Zweimal hatte sie ihn vom Schlafzimmerfenster aus an der Straße bemerkt, wie er einfach herumgestanden hatte, als wartete er auf jemanden. Aber niemand war gekommen. Und sie war sich sicher, dass er auch in der Notaufnahme gewesen war, ihr genau gegenüber hatte er gesessen und dabei auf seinem Handy gespielt. Währenddessen hatte sie sich noch geärgert, dass die Jazzmusik aus seinen Kopfhörern so laut zu hören war, dass es sie ganz nervös gemacht hatte. »Sie waren im Krankenhaus. Sie haben uns gegenübergesessen.«

Er blickte zu Boden, sah dann wieder auf. »Das stimmt. Ich wollte Sie schon die ganze Zeit ansprechen. Aber glauben Sie mir, es ist auch für mich nicht so einfach. Ich habe mir die Entscheidung nicht leicht gemacht, für mein Kind allein verantwortlich zu sein.«

Sie glaubte ihm kein Wort. »Da kann ja jeder kommen und behaupten, dass er der Vater ist.« Ob er der Einbrecher war? Hatte er zweimal ihre Wohnung durchwühlt? Annegret musterte ihn. Würde sie ihm so etwas zutrauen? Er sah nicht wie jemand aus, der in andere Häuser einbrach. Mit seinem offenen Blick wirkte er, als wäre er die Unschuld in Person. Sie schüttelte den Kopf. Niemand konnte einem anderen ansehen, was in ihm vorging, ob er zu den Guten oder zu den Bösen gehörte. »Gehen Sie. Oder ich rufe die Polizei.« Sie wollte die Tür zudrücken.

Bevor die Tür einrastete, stellte er seinen Fuß dazwischen.

Annegrets Herz raste, dass sie das Pulsieren bis in die Schläfen und in die Fingerspitzen spürte. Seine Augen verengten sich. Er brauchte keine weitere Gewalt anzuwenden, sein Fuß reichte, um sich Zugang zu verschaffen. Und mit Sofie im Arm konnte sie sich nicht wehren. Annegret ahnte, dass sie gegen ihn keine Chance hätte, mochte er noch so wenig trainiert wirken.

Wenn sie schrie? Sie blickte zum Nachbarhaus. Alles war dunkel. Die beiden jungen Männer gingen immer früh aus dem Haus. Und Maria? Es war Freitag, da war auch sie längst in die Apotheke aufgebrochen. Annegret versuchte, sich ihre Panik nicht anmerken zu lassen, doch vor Sofie konnte sie nicht verbergen, dass ihr die Situation entglitt. Sofie wurde unruhig, auch wenn sie noch nicht vollständig aufgewacht war. Sie begann, die Mundwinkel zu verziehen, die Hände zu verkrampfen.

»Ich rufe die Polizei.« Annegret wusste, dass die Drohung lächerlich war. Wenn er es nicht zuließ, würde sie nicht einmal das Telefon erreichen. Sie versuchte, sich an den Namen zu erinnern, den er ihr genannt hatte, um ihn damit konkret anzusprechen, doch er fiel ihr nicht ein. »Und jetzt nehmen Sie den Fuß aus der Tür.«

»Ja, das ist eine gute Idee. Tun Sie das. Rufen Sie die Polizei.«

Annegret stutzte. Alles hatte sie erwartet, nur das nicht.

Er holte sein Handy hervor, gab ein Passwort ein, öffnete die Telefon-App. »Sie haben doch Kontakte zur Polizei, zu diesem Noack, oder? Mehrmals habe ich sie beide zusammen gesehen. Rufen Sie ihn an. Ich bin der Vater. Und ich kann es beweisen.« Er reichte ihr das Gerät, zog dabei den Fuß aus der Tür.

Annegret verlagerte Sofies Gewicht auf ihre Schulter, nahm das Smartphone, tippte Steffens Nummer ein, dann legte sie auf. Bevor die Verbindung aufgebaut werden konnte, gab sie dem jungen Mann sein Handy zurück. »Kommen Sie rein. Aber vorher will ich Ihren Personalausweis sehen.«

Er holte das Dokument hervor, störte sich nicht daran, dass sie es mit dem Handy fotografierte und das Bild zu ihrer Absicherung als Nachricht an Steffen schickte.

»Kommen Sie.« Sie ging voran in Richtung Wohnzimmer und schwor sich, dass sie ihm Sofie auf keinen Fall übergeben würde. Auch nicht, wenn er seinen »Beweis« vorlegte. Doch mit ihm zu reden, war die einzige Möglichkeit, die sie sah, vielleicht einen kleinen Hinweis auf Riccarda zu bekommen.

»Wie war noch mal Ihr Name?«, fragte sie und ärgerte sich über sich selbst. Er hatte den Namen genannt, sie hatte ihn auf dem Personalausweis gesehen und doch hatte sie ihn schon wieder vergessen. Was war nur mit ihr los? Wenn sie unter Stress stand, konnte sie sich inzwischen nichts, aber auch gar nichts mehr merken. So lange hatte sie darüber hinweggesehen, hatte diese Schwäche im Gedächtnis auf Müdigkeit geschoben, auf Unachtsamkeit, auf irgendetwas. Nun machte es ihr Angst, zum ersten Mal. Was stimmte nicht mit ihr?

»Nils Koslowski.«

»Setzen Sie sich, Herr Koslowski. Erzählen Sie mir von sich. Und von Riccarda. Wie haben Sie sich kennengelernt? Warum meinen Sie, hat Riccarda Ihnen Sofie nicht gegeben, wenn Sie doch der Vater sind?« Annegret wusste nicht, ob sie es wagen konnte, Sofie abzulegen. Sie wollte nicht, dass Sofie zu schreien begann. Doch Annegret konnte sich nicht konzentrieren mit dem Baby auf dem Arm, wenn sie Angst haben musste, dass jede ihrer Bewegungen Sofie wieder aufweckte, und sie zugleich das Gefühl hatte, Sofie ununterbrochen gegen den Mann verteidigen zu müssen, der vorgab, ihr Vater zu sein.

»Einen Augenblick«, sagte sie, ging zügig treppauf und dann gelang das, was ihr noch nie so einfach gelungen war, was sie inzwischen für unmöglich gehalten hatte: Sie konnte Sofie in ihrem Bett ablegen und die Kleine schlief weiter, als wäre es das Selbstverständlichste auf der Welt. Annegret deckte den kleinen Körper zu, dann kehrte sie zügig ins Wohnzimmer zurück.

Der junge Mann saß noch immer im Sessel, was Annegret beruhigte. Und doch mahnte sie sich zur Wachsamkeit. Alles, was er tat und sagte, konnte seine Taktik sein, um sie in falscher Sicherheit zu wiegen. Sie durfte ihm nicht trauen.

»Es war nicht einfach zwischen Riccarda und mir«, begann er.

Annegret nahm zwei Gläser aus dem Schrank, schenkte Apfelschorle ein, das noch in einer Flasche auf dem Tisch stand. »Ist eine Beziehung je einfach?«

»Ich liebe sie. Mehr als alles auf der Welt. Aber sie hat es wohl nie sonderlich leicht gehabt im Leben. Es fiel ihr von Anfang an schwer, aus ihrem Schneckenhaus herauszukommen. Sich zu öffnen. Vertrauen aufzu-bauen. Positiv in die Zukunft zu blicken, einfach das zu tun, was ansteht, ohne viel zu grübeln.«

Annegret zwang sich, das schlechte Gewissen zu ignorieren, das sich sofort bei ihr meldete. Ja, es stimm-te, was dieser Nils Koslowski sagte, aber im Grunde war es wie der Text eines Horoskops, der nicht nur auf Ric-carda passte. Es waren nichts als logische Schlussfolge-rungen, die wohl jeder von sich geben konnte, wenn er nur nachdachte.

»Geht es konkreter?«, fragte Annegret.

»Wir haben uns in einer Bar in Berlin kennengelernt, wo sie gekellnert hat. Ich habe dort Musik gemacht. Hab eine Zeitlang in Berlin studiert, Saxophon an der Hochschule für Musik Hanns Eisler. Meine Eltern leben beide nicht mehr, so musste ich mir etwas dazuverdienen. Und in der Jazzspelunke habe ich dreimal in der Woche mit Kommilitonen gemuggt. Gespielt, meine ich. Einfach die Instrumente ausgepackt, improvisiert und mich über die gute Gage gefreut. Riccarda ist mir sofort aufgefallen. Groß, schlank, die braunen Locken bis über die Schultern. Klar war ich nicht der Einzige, der versucht hat, mit ihr ins Gespräch zu kommen. Sie hatte mehr als genug Verehrer. Und sie hat sie alle abgewiesen, hat sich nicht auf Gespräche eingelassen, war immer sachlich, distanziert, freundlich und den Gästen gegenüber zuvorkommend, hat jedoch sehr auf ihre Grenzen geachtet und niemand hat es gewagt, diese zu überschreiten. Aber es war von Anfang an etwas zwischen uns. Wir haben nur über Beiläufiges geredet. Manchmal Blicke gewechselt. Aber wir haben es beide gespürt. Diese Melancholie. Dieses Zweifeln an der Welt. Dieses Gefühl, fremd zu sein, dass es nirgends eine Heimat gibt. Bei mir ist es verständlich. Wer Musiker werden will, übt stundenlang in irgendeiner dunklen Übezelle, um niemanden zu stören. Immer das Gefühl, nicht gut genug zu sein. Gibt es doch Tausende von Musikern, die nicht von ihrer Kunst leben können. Die Einsamkeit beim Üben, allein mit den Noten und dem Instrument. Soziale Kontakte? Freunde? Dafür ist keine Zeit. Manchmal sehe ich kaum das Tageslicht. Aber bei Riccarda? Jedenfalls habe ich mich von Anfang an gefragt, woher diese Melancholie bei ihr kam. Sie hatte auch diese Trauer in sich. Wie ich. Ich brauchte nicht lange zu warten. Zwei Monate haben wir uns immer wieder gesehen, zwangsläufig, bei der Arbeit. Dann war wohl einfach die Zeit gekommen. Oder es war Schicksal oder was auch immer. Die letzten Gäste waren gegangen, die Bar war abgeschlossen. Wir haben uns zusammen auf einen Blumenkübel vor der Bar gesetzt und geredet. Die Nacht war sternenklar, es war Spätsommer, warm. Wir haben Whisky aus der Bar mit nach draußen genommen. Sie war betrunken und ich auch nicht mehr ganz nüchtern. Ich habe davon erzählt, dass ich überlege, auf einem Kreuzfahrtschiff als Musiker anzuheuern. Einen Sommer lang im Grunde Urlaub haben und abends etwas Musik machen, dafür noch Geld bekommen. Dann kam sie auf Marokko zu sprechen. Fing an zu erzählen. Von der Geburt in der Wüste, obwohl wir uns gar nicht kannten. Vielleicht aber auch gerade, weil wir uns nicht kannten und sie sowieso nicht vorhatte, lange in Berlin zu bleiben. Sie sagte, wie gern sie das Kind beerdigt hätte. Dass sie sich jahrelang eingeredet habe, dass Sie – ihre Mutter – schuld an allem seien, dass sie aber inzwischen erkannt habe, dass es nicht so einfach sei …«

# Kapitel 10

Marokko, Juli 2010

Annegret ließ ihre Hand außen auf der Türklinke ruhen. Das Betreten des Krankenzimmers fiel ihr immer schwerer. Unbekümmertheit und Optimismus waren ihr längst abhandengekommen, sie musste sich zusammenreißen, um es Riccarda nicht spüren zu lassen. Das Schlimmste an der Situation war nicht, dass sie in der Privatklinik täglich Unsummen in bar für die medizinische Versorgung zahlen musste, ohne dass sich die Rechnungen nachvollziehen ließen. Um Riccarda zu helfen, hätte sie auch noch viel mehr gezahlt, wenn es nur jemanden gäbe, der helfen könnte, das Geschehene wiedergutzumachen, nicht nur auf körperlicher Ebene. Aber da Riccarda seit ihrer Ankunft im Krankenhaus jedes Gespräch verweigerte und sofort den Blick abwandte, wenn ihre Mutter den Raum betrat, wusste Annegret von Tag zu Tag weniger, wie sie mit dem umgehen sollte, was Riccarda mit ihrer Verweigerung ausdrückte. Sie, Annegret war schuld. Dass das Kind gestorben war. Dass sie sich überhaupt gemeinsam auf die Reise begeben hatten. Dass sie den Leichnam verscharrt hatte. Wenn sie zu Hause geblieben wären, wenn … Ihr Miteinander verlor sich in einer Unendlichkeit aus Vergangenem, Hypothesen, Wut, Trauer, Frustration, Kampf.

Das Schweigen war noch schwerer zu ertragen als die Anklage, die Riccarda auf der Hinfahrt ins Krankenhaus im Wagen herausgeschrien hatte: »Du bist schuld.« Dagegen konnte Annegret argumentieren, den Gegenbeweis antreten. Dass sie von der Schwangerschaft nichts hatte ahnen können. Dass sie gar nicht losgefahren wären, nicht in den Flieger gestiegen, erst recht nicht allein in die Wüste aufgebrochen, wenn sie es gewusst hätte. Doch alle Logik half nichts gegen das innere Nagen, das sie inzwischen aushöhlte, das sie nachts wach hielt, das dem Essen den Geschmack nahm, der Umgebung die Farben. Schuld war rational nicht greifbar, auch wenn die Menschen es seit Jahrtausenden versuchten, indem sie Gesetze schufen, Richter ausbildeten und entscheiden ließen. Sie pressten in eine Form, was sich nicht greifen ließ. Dem Gesetz und der Logik nach traf Annegret keine Schuld. Trotzdem blähte sich etwas in ihr auf, was sie nicht genau beschreiben konnte, doch der Begriff »Schuld« traf es schon recht genau, wider alle Gesetze, wider alle Vernunft. Dass es einmal so weit kommen würde – Annegret fragte sich, ob es besser gewesen wäre, sie wäre nie Mutter geworden, hätte Riccarda nie in die Welt gesetzt, weil es das Muttersein an sich war, an dem sie zu versagen glaubte, an der Verantwortung und dem gesellschaftlichen Bild, welches damit verbunden war. Zugleich schämte sie sich auch wieder für diesen Gedanken. Wie konnte sie nur denken, es wäre einfacher, wenn es Riccarda gar nicht gäbe? Die Zerrissenheit in ihr fühlte sich an wie ein Parasit, der sich in ihr eingenistet hatte und sie von ihren Gedärmen her auffraß, schmerzhaft und unsichtbar für andere. Dabei hatte sie sich so sehr auf die Reise gefreut, so sehr gehofft, sie würden sich dadurch einander annähern, alles würde wieder in Ordnung kommen!

Das Funktionieren war, was blieb. Eins nach dem anderen erledigen. Sie zwang sich zur Rationalität. Zuerst die Türklinke hinunterdrücken, sagte sie sich. Dann die Tür öffnen. Zum Bett gehen. Irgendetwas reden. Über das Wetter. Die baldige Rückkehr nach Deutschland. Das Frühstück im Hotel. Ob Riccarda vielleicht etwas brauchte. Ob sie ihr etwas mitbringen konnte. Obst vom Markt? Duschgel?

Die fünfzehn Schritte zu dem Tisch mit den Stühlen, die weiteren acht Schritte mit dem Stuhl zu Riccardas Bett waren schon zu einer Routine geworden. Das Zählen der Schritte brachte ihr ein bisschen Sicherheit, als könnte dadurch das Leben genauso berechenbar werden wie die Wegstrecken, die sie zurücklegte.

Die Stuhlbeine quietschten auf dem Kunststoffboden, als sie sich setzte. Obwohl sie auch das Geräusch inzwischen kannte, zuckte sie noch immer zusammen. Es waren die Müdigkeit und die Angespanntheit, die alles nur noch zusätzlich erschwerten.

»Hallo«, sagte Annegret. Sie versuchte, Optimismus in ihre Stimme zu legen.

Riccarda stöhnte. Sie schloss die Augen, verschränkte die Arme, drehte den Kopf weg vom Fenster, weg von Annegret.

»Hallo«, klang es aus dem Nachbarbett. »Sie sind Riccardas Mutter?«

»Ja, das bin ich. Annegret, Annegret Wiesel.« Annegret stand auf, schüttelte der jungen Frau die Hand, die nur ein paar Jahre älter als Riccarda sein mochte und wie ein Rettungsanker erschien, der sie an das erinnerte, was einmal Normalität gewesen war. »Und Sie sind?«

»Anja, aus München. Eigentlich. Aber ich bin schon so lange unterwegs, dass München nicht mehr wirklich meine Heimat ist. Besonders Afrika hat es mir angetan. Nicht diese feuchte Kälte. Das Bunte hier. Die Lebendigkeit. Die Menschen, die auch spontan sein können. Aber Heimat – was rede ich. Gibt es das überhaupt? Sind wir nicht alle Kinder dieser Welt?«

Annegret lachte. Anja hörte sich nett an, fand sie, gleichzeitig etwas abgedreht, was nicht nur an ihren Worten lag, sondern auch an dem entrückten Lächeln.

Riccarda stöhnte genervt. Noch immer hielt sie ihr Gesicht starr wie eine Schaufensterpuppe.

»Willst du deine Mutter nicht begrüßen?«, fragte Anja. »Es ist deine Mutter. Ich wünschte, ich hätte noch eine.«

Riccarda schwieg.

»Schon gut. Sie wird noch erschöpft sein«, sagte Annegret, auch wenn sie wusste, dass das nicht stimmte.

»Alles ist mit allem verbunden.« Anjas Stimme klang sanft. »Manchmal sind wir voller Hass und Wut, das ist okay so. Alle Gefühle haben ihre Berechtigung. Es ist, wie es ist. Wir müssen es annehmen, weil der Kampf dagegen viel zu viel Kraft kostet und uns von dem ablenkt, was wirklich wichtig ist. Es gibt das Dunkle und auch das Licht. Aber wir bestimmen, wovon wir uns leiten lassen. Wir sind die Aktiven. Die negative Energie, die wir aussenden – wenn wir sie denn aussenden –, strahlt nur auf uns selbst zurück.«

Annegret unterdrückte ein Naserümpfen. Wenn sie jetzt eins nicht gebrauchen konnte, waren es solche Sprüche. Riccardas Schweigen war schon schwer genug zu ertragen. Doch sie wollte keinen Streit, keine Diskussionen –nicht mit ihrer Tochter und erst recht nicht mit einer Fremden, die sie möglicherweise nie wiedersehen würde. Und das lag nicht an irgendwelchen Energien, sondern daran, dass sie einfach nur ihren Frieden wollte. Nicht mehr und nicht weniger. Oder zumindest Neutralität, Waffenstillstand.

»Es ist besser, du gehst«, sagte Riccarda.

Anja schüttelte den Kopf.

»Geh!« Riccarda drückte sich hoch, den Oberkörper drohend aufgerichtet.

Anja hob die Hand wie eine Dirigentin. »Es stimmt, manchmal ist es besser, eine Situation abzubrechen, als sich weiter darin zu verrennen. Doch es bringt nichts, wegzusehen und die Dinge zu ignorieren, man muss die Distanz auch konstruktiv nutzen.«

Annegret unterdrückte ein Stöhnen. Doch dann hielt sie inne, als sie merkte, dass Riccardas Blick weicher und zugänglicher wurde.

»Geben Sie sich und ihr zwei Tage Zeit«, sagte Anja.

Annegret nickte – nicht, weil sie Anja zustimmte, sondern weil ihr auch keine andere Möglichkeit einfiel. Sie war müde, so unendlich müde! Sie wollte nicht streiten, nicht kämpfen, sich nicht auseinandersetzen. Wenn sie sich eingestand, wie es ihr wirklich ging, sah sie überhaupt keinen Weg mehr, nur noch lauter Sackgassen. Bevor die Resignation sie mit sich reißen konnte und sie in Tränen ausbrach, nickte Annegret noch einmal, verabschiedete sich höflich und versprach, in zwei Tagen wiederzukommen. Es war wie ein absolutes Aufgeben, eine Kapitulation vor der eigenen Ratlosigkeit. Gleichzeitig spürte sie auch zum ersten Mal seit Jahren Erleichterung. Sie war des Kämpfens so müde! Sie wollte nicht mehr. Sie konnte nicht mehr.

Die zwei Tage verbrachte sie im Hotelzimmer vor dem Fernseher und starrte auf den Bildschirm, ohne wirklich etwas zu sehen. Zu etwas anderem war sie nicht in der Lage, nicht zum Essen, nicht zum Spazierengehen. Hoffnungen machte sie sich keine mehr, als sie wieder aufbrach, um Riccarda wie abgesprochen zu besuchen.

»Du hast recht«, sagte Riccarda anstelle einer Begrüßung. Sie richtete sich auf und sah erst Anja, dann Annegret an. Die Anspannung war aus ihrem Gesicht verschwunden, so schnell, als hätte sie jemand weggewischt. Sie lächelte sogar. »Ihr habt euch ja schon etwas kennengelernt. Das ist Anja. Aber das sagte sie ja bereits. Stell dir vor, sie hat auch die Schule abgebrochen.«

»Na ja. Abgebrochen? Das hört sich an, als wäre etwas kaputtgegangen. Das ist es nicht. Wenn man vor einer Wahl steht, ist es eher eine Entscheidung für das Wichtigere.« Anja lachte. »Ich habe meine Berufung gefunden. Ausbildung, Wissen, Diplome und so, das ist nicht alles. Im Gegenteil. Es verbirgt doch nur die Menschen dahinter. Manchmal muss man seinem Herzen folgen. Das ist das Leben, das ist Lebendigkeit.«

»Was arbeiten Sie denn?«, fragte Annegret.

»Dass du das wieder wissen musst, war ja klar.« Riccarda verzog den Mund zu einem schmalen Strich. Dann entspannte sich ihr Gesicht und sie fuhr fort: »Aber lassen wir das.« Riccardas Blick wanderte zu Anja, die ihr wie zur Aufmunterung zunickte.

Mit einer Stimme, die so sanft war, als würde sie gar nicht wirklich zu ihr gehören, sagte Riccarda: »Wir sollten das, was passiert ist, hinter uns lassen. Es ist so viel schiefgelaufen, schon die Jahre davor. Dass Papa und du euch getrennt habt, das war nicht der Auslöser, auch wenn damit alles angefangen hat. Das Problem war ich. Ich allein. Ich war zu …« Riccarda hielt sich die Augen zu.

»Nein, bitte. Gib dir nicht die Schuld.« Annegret umfasste Riccardas Hand, befürchtete jeden Moment, dass Riccarda sich der Berührung entzog, doch Riccarda ließ ihre Hand ruhig liegen. »Sag das nicht.« Dass Riccarda sich selbst anklagte, war für Annegret genauso unerträglich wie die Vorwürfe zuvor. Warum um alles in der Welt war es so schwer, einfach gemeinsam neu zu beginnen und die Vergangenheit abzutrennen? Warum hing das Geschehene an den Menschen wie ein Schatten?

»Ich muss mein Leben neu ordnen.« Riccarda wirkte ernst und gefasst, als wäre sie innerhalb von Sekunden um Jahre gealtert. »Lass uns nicht mehr über das reden, was war. Wichtig ist, was kommt.«

»Ja.« Anja nickte. »Das Leben geht weiter. Und wir haben nur das eine. Wir können es uns nicht aussuchen, es gibt es nicht wie in einem Supermarkt mit Auswahl und Sonderangeboten. Du bist, wie du bist. Und genauso bist du richtig, vom Universum gewollt, mit allem, was dich ausmacht.«

Annegret und Riccarda nickten. Das war es, was auch Annegret hatte sagen wollen, aber nicht in Worte fassen konnte. Es sprach ihr aus der Seele.

»Wollen wir rausgehen? Auch wenn es heiß ist, einmal um das Gebäude?«, fragte Riccarda.

Annegret half Riccarda beim Aufstehen und beim Anziehen. Das Gespräch verebbte genauso schnell, wie es begonnen hatte, doch das störte Annegret nicht, weil sie merkte, dass sich etwas verändert hatte. Zum Guten hin! Es ließ sich nicht genau beschreiben, zu fremd schien ihr diese neue Riccarda, die nun neben ihr herging. Der Ärger war weg, auch die Anspannung, selbst die Angewohnheit, mit den Fingernägeln zu knacken oder die Nägel so fest in die Handinnenflächen zu pressen, dass dort dunkelrote Kuhlen zu sehen waren. All die Jahre hatte sich Annegret so an das Knackgeräusch von Riccardas Fingernägeln und an ihre zu Fäusten geballten Hände gewöhnt, dass das Wegfallen dieser Angewohnheiten sie irritierte. Es war so ruhig neben Riccarda. Es war eine Ruhe ohne Vorwurf und ohne Groll. Sie gingen nebeneinander die Treppe hinunter auf den Parkplatz. Verharrten für rund eine halbe Stunde unter zwei Palmen, lehnten sich an die Stämme, spürten die raue Rinde an ihren Rücken, blickten zum Himmel, kehrten dann in das Krankenzimmer zurück.

Annegret half Riccarda, die Schuhe auszuziehen, breitete die Decke über ihrer Tochter aus und strich die Falten des Bezugs glatt.

»Schön, dass du da warst«, sagte Riccarda.

Anstatt sich über die netten Worte zu freuen, ärgerte sich Annegret über Anjas zustimmendes Nicken .

Warum konnte Anja nicht einmal wegsehen? Wenigstens so tun, als würde sie nicht jedem Wort zuhören? Ihnen beiden als Mutter und Tochter nur für ein paar Sekunden des Abschieds das Gefühl von Privatsphäre lassen? Durch Anjas überaufmerksamen Blick bekam das, was zwischen Annegret und Riccarda gesagt wurde, etwas Bühnenhaftes, was sie selbst zu Schauspielern degradierte. Doch mehr als über Anja ärgerte sich Annegret über sich selbst, dass es ihr nicht gelang, Riccardas Wandlung einfach nur positiv zu sehen, dass dieses Nagen in ihr immer wieder hervorkam, dieser Teufel, der ihr sagte: Pass auf! Es ist nicht alles so, wie es aussieht, niemand verzeiht von einem Tag auf den anderen.

»Es hat mich auch gefreut.« Annegret drückte Riccarda und wünschte sich, sie nie mehr loslassen zu müssen, sie einzupacken, mitzunehmen und so schnell wie möglich mit ihr nach Hause zurückzukehren. Das Land, das Krankenhaus, Anja – alles hier war ihr suspekt. Sie begriff nicht, was vor sich ging, aber da war etwas Ungutes. Wenn sie es nur zu fassen bekäme!

Annegret verabschiedete sich, winkte und versuchte, sich ihre Unsicherheit nicht anmerken zu lassen. Sie lächelte betont unbeschwert.

Im Auto gelang es ihr erst beim vierten Versuch, den Motor zu starten. Ihre Knie zitterten so sehr, dass sie von der Kupplung abrutschte und der Wagen einen Satz nach vorn machte. Nur Millimeter vor der Wand des Krankenhauses kam er zum Stehen. Sie ignorierte die

Passanten, die auf sie zuliefen, startete das Auto erneut und fuhr rückwärts aus der Parkbucht und zügig weg von diesem Ort.

In irgendeiner Seitenstraße neben zwei Marktständen hielt sie an. An einem wurden bunte Taschen verkauft, aus Leder, aus Stoff, genäht, gewebt. Am anderen Stand gab es Gewürze. Sie wusste nicht, wo genau sie sich befand, aber das spielte auch keine Rolle. Dunst lag über den Straßen, zog sich über die Stadt in ihrer Mischung aus Rot und Sandfarben. Nur die weißen Bergkuppen im Hintergrund leuchteten vor dem blauen Himmel irreal hell. Annegret war froh, dass niemand von ihr Notiz nahm, wie sie in ihrem Wagen saß und versuchte, sich zu beruhigen. Zu begreifen, was genau sie so aufregte – war dieser Besuch bei Riccarda objektiv betrachtet doch viel besser gelaufen, als sie je erwartet hätte! Doch gab es überhaupt noch so etwas wie Objektivität zwischen Riccarda und ihr? Dachte sie, Annegret, in den richtigen Kategorien? Früher, als junge Erwachsene, hätte sie es nie für möglich gehalten, doch es existierte, dieses Muttergefühl und der damit verbundene siebte Sinn, der untrüglich anschlug, wenn beim eigenen Kind etwas absolut schieflief. Dieses Gefühl ließ sich nicht von Äußerlichkeiten leiten, nicht davon, was die Menschen um einen herum redeten, sondern kam durch die Verbindung, die zwischen Riccarda und ihr bestand. Und an dieser Verbindung konnten nicht einmal die äußeren Umstände etwas ändern. Es war wie eine unsichtbare Leitung, auf der gesendet wurde abseits von Sprache, Worten und Logik.

Annegret sagte sich, dass sie ins Hotel zurückkehren sollte oder etwas zu Mittag essen, vielleicht über einen der Märkte schlendern und sich entspannen. Stattdessen wendete sie, parkte vor dem Krankenhaus an einer Stelle, wo sie Riccardas Zimmer im Blick hatte. Sie wusste nicht, was sie wollte, was sie sollte. Hoffte sie, dass Riccarda aufstehen und am Fenster zu sehen sein würde? Sollte sie noch einmal ins Krankenzimmer gehen? Das würde nichts bringen, das war Annegret klar, weil sie nicht wusste, was sie sagen oder tun könnte, um ihre Ängste auszudrücken, wie sie das aufhalten sollte, von dem sie nicht einmal genau wusste, was es war.

Sie ließ die Scheiben hinunter und ignorierte die Hitze, die sich trotzdem im Wagen ausbreitete. Draußen war es so heiß, dass die Luft, die hereinkam, keine Abkühlung brachte. Erst zwei Stunden später, als das Lenkrad und das Plastik im Auto so heiß waren, dass sie es nicht mehr berühren konnte, stieg sie aus. Ihr Shirt klebte am Rücken, der Hosenbund pappte über ihrer Hüfte. Sie kam sich vor, als wäre sie gerade aus einem Whirlpool gestiegen. Langsam ging sie auf das Krankenhaus zu.

Ein Anruf ließ sie innehalten. Annegret zog ihr Handy aus der Hosentasche und nahm das Telefonat an. Der Mann am anderen Ende der Leitung sprach so schnell und abgehackt Französisch, dass sie mehrmals nachfragen musste, um zu begreifen, was geschehen war.

Riccarda war weg.

Verschwunden.

Gemeinsam mit ihrer Bettnachbarin Anja.

Das Krankenhauspersonal hatte das gesamte Gebäude abgesucht, beide waren und blieben verschwunden.

# Kapitel 11

Je länger Nils Koslowski erzählte, umso sicherer wurde Annegret, dass stimmte, was er sagte. Er hatte Riccarda sehr gut gekannt, und zwar besser, als sie selbst ihre Tochter je gekannt hatte. Sie konnte sich auch gut vorstellen, dass sich Riccarda in diesen sensiblen jungen Mann verliebt hatte und er Sofies Vater war.

»Aber trotzdem hat Riccarda Sofie zu mir gebracht und nicht zu Ihnen«, sagte sie. Und genau das war der Punkt, der sie immer wieder stutzig machte, der einen unüberbrückbaren Gegensatz dazu bildete, was er alles von und über Riccarda wusste, und dass er wirkte, als könne er keiner Fliege etwas zuleide tun. Riccarda musste einen Grund für ihr Handeln gehabt haben. Annegret bezweifelte, dass Nils Koslowski darüber sprechen würde.

Er schwieg.

Sie zog die Augenbrauen hoch, versuchte vergeblich, in seinem Gesicht zu lesen.

Er wandte den Blick ab, knetete seine Finger, bis er die Hände unter die Oberschenkel schob.

»Das ist nicht gerade ein Vertrauensbeweis Ihnen gegenüber«, sagte sie und lauschte nach oben, ob irgendetwas von Sofie zu hören war. Doch die schlief, als wollte sie alle durchwachten Nächte der vergangenen Woche auf einmal nachholen.

Nils Koslowski räusperte sich. »Es war nicht einfach zwischen Riccarda und mir.«

»Das sagten Sie bereits. Abgesehen davon: Was soll das konkret heißen? Darunter kann ich mir nichts vorstellen. Sind Beziehungen je einfach?«

»Es war mehr als das. Als wir uns begegnet sind, hatte Riccarda alle Brücken hinter sich abgebrochen. Jahrelang hat sie sich vollständig auf diese Anja ausgerichtet, was ich irgendwie auch verstehen kann. Anja hat ihr eine kleine Wohnung im Verlagsgebäude besorgt, hat dafür gesorgt, dass Riccarda im Verlag und auch in der Seminarorganisation arbeiten konnte. Anja hat Riccarda in ihren Freundeskreis eingeführt, ihr ein Zuhause gegeben. Alles, was sie hatte, alles, was sie war, hatte Anja für sie organisiert.« Nils kratzte sich an der Nase.

Annegret fragte sich, ob er sie bewusst provozieren wollte. Als ob Riccarda all das bei ihr zu Hause nicht gehabt hätte! Freunde, ein Zuhause, die Schule – Riccarda hatte alles gehabt und hätte nur zu sagen brauchen, was sie noch wollte. Annegret biss sich auf die Unterlippe und schenkte ihm und sich Apfelschorle nach. Wie sich das anhörte, was er von sich gab!

»Was für ein Verlag?«, fragte Annegret möglichst neutral, um das Gespräch am Laufen zu halten.

»So genau habe ich das auch nie verstanden. Über die klassischen Verlagstätigkeiten hinaus veranstalten sie auch Seminare über irgendwelche esoterischen Themen. Dass alles mit allem verbunden ist, dass das Leben Energie ist. Dass alles eine Seele hat, auch die Steine, die Bäume, alles eben. Es war ein in sich geschlossenes Glaubenssystem. Zweifler waren unerwünscht.«

»Also eine Sekte.« Annegret presste die Hände gegen die Augen. Sie hatte es doch geahnt, die ganze Zeit. »Ich muss mal nach Sofie sehen.« Sie stand auf und ging ins Schlafzimmer.

Sofie seufzte im Schlaf. Sie lag so friedlich da mit ihrem typischen Schlaflächeln auf dem Gesicht, dass Annegret sie am liebsten an sich gepresst hätte und nicht mehr losgelassen, um Sofie vor der Welt zu beschützen, um ihr diese Unschuld, diese Entspannung und Ahnungslosigkeit zu bewahren. Annegret strich sanft über die Decke, kehrte dann ins Wohnzimmer zurück.

»Eine Sekte«, sagte sie und musterte Nils. Sie wiederholte die Erkenntnis innerlich wieder und wieder, doch es fühlte sich so fremd an. So unwirklich. Nun begriff sie auch, was sie bei ihrer Begegnung im Krankenhaus an Anja so gestört hatte. Dieses Dogmatische! Aber wie konnte Riccarda so abgleiten? Noch immer verstand Annegret es nicht, wie es so weit hatte kommen können. Doch möglicherweise war das eines der Naturgesetze:

Irgendwann begriffen Eltern ihre Kinder nicht mehr. Und wenn sie es doch glaubten, machten sie sich etwas vor. So war es auch bei Steffen und seiner Tochter Katharina gewesen, daran änderte auch Annegrets Überzeugung nichts, dass Steffen einer der verständnisvollsten, zuverlässigsten und liebenswertesten Menschen war, die auf der Welt existierten. Irgendwann tat sich eine Kluft zwischen Eltern und Kindern auf und die Glücklichen durften sich gegenseitig hin und wieder die Hand darüber reichen.

»So einfach ist das nicht. Es ist nicht direkt eine Sekte«, sagte er.

»So? Nicht? Warum verteidigen Sie diese Leute, die mir meine Tochter weggenommen, sie isoliert und vollständig in ihr System eingebunden haben? Sie haben mir Riccarda weggenommen. So war es doch, wenn ich Sie richtig verstehe. Es ist eine Sekte. Ich nenne die Dinge nur beim Namen, ob es Ihnen gefällt oder nicht.«

»Lassen wir das.«

Annegret stellte sich vor, ihn zu packen und zu schütteln. Die Ruhe, die ihr anfangs an ihm gefallen hatte, regte sie nun auf. Wie er auswich, wie er sprach – als hätte er alles Wissen für sich gepachtet.

»Sie gehören auch dazu. Sie sind einer von denen. Von dieser Sekte«, sagte sie. Das war die einzige Erklärung für sein Herumlavieren. »Wie war noch einmal der Name der Sekte?«

»Der PFAD INS LICHT? Nein! Ich hatte nie zu jemandem von denen Kontakt, außer natürlich zu Riccarda. Wir haben uns auch erst kennengelernt, als sie dort schon ausgestiegen war. Sie hat nicht mehr beim PFAD INS LICHT gearbeitet, sondern gekellnert und Artikel geschrieben. Ansonsten hätte ich auch ganz schnell wieder Abstand von ihr genommen. Mit so etwas will ich nichts zu tun haben. Ich habe sie dabei unterstützt, die Machenschaften dieses Verlages aufzudecken, und für sie Kontakte zu anderen Verlagen geknüpft, damit sie für ihr geplantes Enthüllungsbuch einen Vorschuss erhielt.«

»Aha.« Sie glaubte ihm kein Wort. Das klang zu schön, um wahr zu sein. Und inzwischen wusste sie, dass es kein Schwarz und kein Weiß gab. Er, der alleinige Retter? Er, der Beschützer? Und wo war neben seinem Weiß das Schwarz, das begründete, warum Riccarda ihm Sofie nicht überlassen hatte? Warum hatte sie ihm nicht genug vertraut? »Wie auch immer, ich denke, es ist besser, Sie gehen jetzt.«

»Nicht ohne Sofie.«

»Sie gehen. Ohne Sofie. Allein.«

»Dann komme ich mit der Polizei wieder. Und mit dem Jugendamt. Ich weiß, was mir zusteht, und ich schöpfe garantiert alle Möglichkeiten aus, die ich habe.« Er stand auf, reichte ihr steif die Hand.

Annegret verzichtete auf einen Handschlag, schob ihn in Richtung Tür. »Tun Sie das.«

Als er draußen war, atmete sie auf. Zur Sicherheit schloss sie die Haustür ab und schaute durch das Sichtfenster der Tür, bis er in seinen Wagen gestiegen und abgefahren war. Dann suchte sie aus dem Schrank die Unterlagen heraus, die Riccarda ihr gegeben hatte. Auf der Geburtsurkunde war das Feld, wo üblicherweise der Name des Vaters eingetragen wurde, leer. Doch ihre Erleichterung hielt nicht an. Je genauer sie sich das Gespräch mit Nils Koslowski noch einmal vergegenwärtigte, umso klarer wurde ihr, dass er längst nicht so naiv und gutmütig war, wie er schien – im Gegenteil. Er war jemand, der so geschickt auswich, wenn ihm jemand zu nahekam, dass sein Ausweichen im ersten Moment gar nicht auffiel.

Annegret zwang sich, ihre Kiefer nicht länger aufeinanderzupressen. Sie legte beide Hände auf den Unterkiefer und wartete, bis sich die Anspannung dort löste. Dann wählte sie Steffens Nummer. Nils Koslowskis Ankündigung, sie unter Druck zu setzen, ließ sie an nichts anderes denken, als dass sie es nicht ertragen würde, Sofie auch noch zu verlieren.

Steffen ging schon beim ersten Klingeln an den Apparat. Sie schilderte ihm die Situation, was Koslowski über Riccarda und den PFAD INS LICHT erzählt hatte. Und dass er nicht aufgeben würde, bevor er das Kind bekäme.

»Ich werde ihn überprüfen«, sagte Steffen.

»Das klingt nicht gerade optimistisch.«

»Annegret, du regst dich zu sehr auf. Die Mühlen der Ämter mahlen langsam. Ich würde mir erst einmal keine Sorgen machen. Vorerst bleibt Sofie sowieso bei dir. So ein Verfahren braucht Monate, bis es zu einer definitiven Entscheidung kommt. Wobei ich natürlich auch das Recht des Kindes sehe, zu erfahren, von wem es abstammt, wer sein Vater ist. Es geht nicht darum, es für Riccarda – sollte sie noch leben – oder für dich leichter zu machen. In diesem Punkt der Aufenthaltsbestimmung geht es langfristig einzig und allein um das Wohl des Kindes.«

»Spinnst du?« Annegret stieß sich beim ruckartigen Umdrehen den Ellbogen. Der Schmerz war wie ein Stromstoß. Sie stöhnte auf. »Und wenn er auch zu der Sekte gehört?«

»Dieser Verlag ist doch keine Sekte. Das sind vielleicht Esoteriker, aber harmlos. Damit haben wir uns schon mal intensiv befasst, als es um einen anderen Fall eines verschwundenen Jugendlichen ging. Es liegt nichts gegen sie vor. Jeder darf die Weltanschauung haben, die er möchte, solange es niemanden schädigt. Wir haben hier nichts gegen sie vorliegen.«

Annegret war zu müde, um zu diskutieren. »Manchmal bist du ein richtiger Beamter«, sagte sie. »Aber lassen wir das. Dieser Nils Koslowski bekommt Sofie auf jeden Fall erst einmal nicht. Okay, das ist beruhigend. Wenigstens das. Worum ich dich aber noch bitten wollte: Riccarda hat bei ihm gewohnt, das hat er erzählt. Die Fotos von seinem Ausweis habt ihr ja, die Nachricht ist an dich abgeschickt, da steht auch seine Adresse drauf. Ihr müsst mir helfen, alles von ihm zu holen, was Riccarda gehört hat. Vielleicht finden wir so auch einen Hinweis, wo sie sein könnte.«

»Annegret.«

»Ich weiß, wie ich heiße!«

»Sicher, ich verstehe, dass du Riccardas Habseligkeiten haben willst, aber so einfach geht das nicht. Auch da gibt es rechtliche Vorgaben, die eingehalten werden müssen, genauso wie bei Sofies Aufenthaltsbestimmung .«

»Du müsstest dich mal hören, wie du klingst! Heißt das etwa, ihr holt die Sachen nicht?« Sie war sich sicher, dass Nils Koslowski nichts freiwillig herausgeben würde, nicht nach dieser Verabschiedung. Nicht nach der Sturheit, mit der sie ihm gegenübergetreten war. Der Zeitpunkt für friedliche Einigungen mit ihm war vorbei.

»Ich will ehrlich zu dir sein …« Sie kannte den fatalistischen Klang in Steffens Stimme nur zu gut und jedes Mal wünschte sie, sie könnte ihn aufwecken, durchschütteln und zwingen, einmal fernab von Regeln und Konventionen zu denken. Sie wollte mit ihm als Menschen, als Vertrautem und Freund sprechen, nicht als Polizist im Amt mit Blick auf irgendwelche Gesetzestexte.

»Verschone mich. Ist schon gut. Ich regle das auf meine Art.« Ihr war es gleichgültig, was die Gesetze in diesem Fall sagten, denn Riccarda war und blieb ihre Tochter. Sie als Mutter war diejenige, die in Gedanken an Riccarda nicht schlafen konnte, die sich ununterbrochen vorstellte, was geschehen sein könnte.

»Annegret …«

Sie legte auf. Von oben war Sofie zu hören, die leise quengelte. Jetzt war Sofie wieder wach. Annegret ärgerte sich über sich selbst, dass sie beim Telefonat so laut geworden war. Nun hatte sie keine andere Wahl, konnte ihre Pläne in Hinsicht auf Riccardas Sachen bei Nils erst einmal vergessen. Sie ging ins Schlafzimmer, nahm Sofie hoch, fütterte, wickelte, trug herum, fütterte wieder, badete, fütterte wieder. Doch auch in diesem scheinbar endlosen Zyklus des Kümmerns war nichts stärker als der Wunsch zu wissen, wo sich Riccarda befand, mit ihr zu sprechen. Alles, wirklich alles, selbst eine heftige Auseinandersetzung und ein Voneinander-Lossagen waren besser als diese Unsicherheit.

Draußen dämmerte es, dann wurde es vollständig dunkel. Durch das gekippte Fenster hörte sie Stimmen auf der Straße, wie ihre Nachbarin Maria mit ihrem Mann sprach. Annegret hielt inne. Es war Samstag, da gingen die beiden oft auswärts essen. Ohne lange nachzudenken, stand sie auf, schlüpfte im Vorbeigehen in ihre Hausschuhe und trat auf die Straße. Durch die kalte Nachtluft, die ihr entgegenwehte, wachte Sofie sofort auf, verzog das Gesicht und protestierte laut.

»Maria?« Annegret musste laufen, um die beiden noch einzuholen.

»Ist etwas passiert?«, fragte Maria. Sie löste ihre Hand aus der ihres Mannes.

»Es ist mir unangenehm, dich jetzt darum zu bitten«, begann Annegret. Es stimmte, es war ihr definitiv unbehaglich. So spät, noch dazu am Samstagabend, wo Maria andere Pläne hatte. »Würdest du für eine oder zwei Stunden Sofie zu dir nehmen?« Annegret ignorierte das Kopfschütteln von Marias Mann Erik. Er war sichtbar genervt, aber sie sah keine andere Möglichkeit. Wen außer Maria konnte sie schon fragen? »Ich habe einen neuen Hinweis auf Riccarda bekommen.«

Maria zögerte nicht, sie nahm Sofie auf den Arm und wiegte den kleinen Körper sanft, indem sie das Gewicht von einem Fuß auf den anderen verlagerte. »Ich habe sowieso nicht wirklich Hunger. Von daher: Verzichten wir heute aufs Essengehen im Restaurant und gönnen uns einen Wein auf dem Sofa. Annegret, bringst du dann noch Windeln und Babymilch rüber?«

»Danke! Ganz vielen Dank!«

»Aber pass auf, sonst überlege ich es mir irgendwann, ob ich die Kleine überhaupt wieder abgebe.« Maria lachte.

»Also Annegret, so funktioniert das nicht! Sicher, wir sind Nachbarn, wir helfen uns gegenseitig. Aber wir haben auch unser Privatleben.« Erik sah abwechselnd zu Annegret und zu seiner Frau, die Sofie weiterhin sanft in den Armen hin- und herschaukelte. Es dauerte nur wenige Sekunden, bis Sofie wieder eingeschlafen war, trotz der Kälte undobwohl sie Maria kaum kannte.

»Nur das eine Mal noch. Die Babysachen stelle ich gleich vor eure Haustür. Ich revanchiere mich. Versprochen«, sagte Annegret und eilte ins Haus zurück, bevor Erik widersprechen konnte.

Eilig suchte sie aus ihrem Kleiderschrank eine schwarze Jeans, einen schwarzen Rollkragenpullover, die schwarze Daunenjacke, eine schwarze Mütze und zog sich um. Anschließend sammelte sie aus dem Haus alles Notwendige für Sofie zusammen und packte es in eine Reisetasche. Durch das Küchenfenster des Nachbarhauses sah sie, wie Maria in ihrer Küche auf- und abging, dabei die schlafende Sofie über die Schulter gelegt hatte. Annegret stellte die Tasche mit dem Babyzubehör vor Marias Tür, läutete und verschwand wieder, ohne zu warten, bis jemand öffnete. Dann stieg sie in ihren Wagen.

Nils Koslowskis Adresse musste sie nicht heraussuchen, kannte sie die Straße doch genau, da sie nach Riccardas Verschwinden vor sieben Jahren überlegt hatte, ihr Haus zu verkaufen und selbst in diesem Stadtviertel eine Wohnung zu beziehen – weg aus der Siedlung, in der jeder jeden kannte. Hin in eine der großzügig geschnittenen Stadtwohnungen, hinein in eine Anonymität und einen Mix aus den unterschiedlichsten Nationalitäten, in der sich niemand dafür interessierte, was ihr widerfahren war. Einmal nur Annegret Wiesel sein und nicht die Mutter der Tochter, die während einer Urlaubsreise abgehauen war.

Die Wohnung, die sie nun suchte, lag im Dachgeschoss. Sie überlegte, irgendwo in einer Altpapiertonne einen Karton zu besorgen und sich als Paketlieferantin auszugeben, doch sie hatte Glück und die Haustür öffnete sich. Zwei Jugendliche kamen heraus, scherzten und lachten laut. Bevor die Tür wieder zuschlug, drängte sich Annegret ins Innere. Es roch nach Knoblauch und überbackenem Käse. Zügig ging sie treppauf und blieb vor Nils Koslowskis Tür stehen. Durch die Türritze am Boden war kein Licht zu erkennen. Sie legte ein Ohr an die Tür und lauschte. Alles war still. Annegret nahm ihren Mut zusammen und läutete, auch wenn sie nicht wusste, was sie sagen sollte, wenn er wirklich öffnete.

Ihr Hals fühlte sich eng an. Sie wartete. Nichts geschah.

Annegret klingelte noch einmal. Weiterhin regte sich nichts.

Dann zog sie ihre Scheckkarte hervor, versuchte, sie so in die Türritze zu schieben, wie sie es im Fernsehen beobachtet hatte. Doch was in Krimis gut funktionierte, blieb nun wirkungslos. Sie stieß abwechselnd von oben und von unten gegen den Riegel, der sich keinen Millimeter bewegte, bis die Scheckkarte brach. Annegret packte die beiden Plastikteile zurück in ihr Portemonnaie und unterdrückte einen Fluch. Dann rüttelte sie am Türknauf, drückte dagegen, doch es war ein aussichtsloses Unterfangen. Das Flurlicht erlosch und sie schaltete es nicht wieder an. Wenigstens wohnt er ganz oben, sagte sie sich, wo niemand aus den anderen Stockwerken zufällig vorbeikommt. Annegret überlegte aufzugeben. Sie ballte die Fäuste, musste ihre Jacke öffnen, weil ihr vor Wut so heiß wurde, dass sie es nicht länger ertrug.

Der Gedanke war so naheliegend und gleichzeitig so erschreckend, dass sie sich verbot, über die Konsequenzen nachzudenken. Dann tat sie es einfach: Mit Wucht trat Annegret neben dem Türschloss so dicht wie möglich unter der Türklinke gegen das Holz. Es donnerte. Holz splitterte. Die Tür flog ruckartig auf, krachte gegen die dahinterliegende Wand. Die folgende Stille war so intensiv, dass Annegret die Luft anhielt. In ihren Ohren knisterte es. Sie wartete, faltete die Hände wie zu einem Gebet und wünschte, sie könnte sich in Luft auflösen. Doch alles blieb still, niemand schien von dem Krach Notiz genommen zu haben.

Langsam betrat sie die Wohnung. Mit der Taschenlampe ihres Handys leuchtete sie sich den Weg. Die Küche war so aufgeräumt, als hätte noch nie jemand darin gekocht. Auch das Bad war in seiner Übersichtlichkeit innerhalb weniger Sekunden zu überblicken. In einem Zahnputzbecher steckten zwei Zahnbürsten. Auf der Ablage standen Vanille-Körperlotion und eine rosafarbene Tube mit Handcreme neben einem Elektrorasierer. In der Dusche entdeckte sie zwei Shampoos, ein Herrenshampoo und eins für feines Haar.

Im Wohnzimmer stutzte Annegret. Die Tasche, die offen auf dem Tisch lag, war unverkennbar Riccardas. Nie würde Annegret diese Handtasche aus Cord und Jeansstoff vergessen, die Riccarda aus alten Hosen selbst genäht und mit Pailletten bestickt hatte. Die hatte sie damals immer bei sich getragen, Geld, Handy und einen Skizzenblock darin transportiert. Diese Tasche war Riccarda wichtiger als alles andere gewesen. Annegret hängte sich die Tasche um und schloss ihre Jacke darüber. Ihre Finger zitterten und waren schweißnass, so musste sie sich konzentrieren, damit ihr die Schlüssel der Wohnzimmerschränke beim Öffnen der Schubladen nicht aus der Hand glitten. Gläser. Besteck. Überraschungseifiguren. Servietten und Handtücher. Katzenbürsten und Striegel. Handgeschriebene Noten. Annegret stöhnte. Gab es denn hier nicht mehr, was auf Riccarda hindeutete?

Ein Knacken ließ sie innehalten. Der Lichtschein kam so plötzlich, dass sie die Augen zusammenkniff, um nicht geblendet zu werden.

»Frau Wiesel!«

Übelkeit stieg in Annegret auf. Ihr Magen krampfte sich zusammen. Sie blickte in Nils Koslowskis Gesicht, sah seinen geöffneten Mund, seine zu Schlitzen verengten Augen, seine gerunzelte Stirn. Er war wütend.

»Das darf doch wohl nicht wahr sein!«, sagte er. »Ich rufe jetzt die Polizei.«

Annegret wusste, dass Fliehen zwecklos war. Im Gegenteil, es würde nicht helfen, sondern alles nur noch schlimmer machen. Er hatte sie erkannt. Er wusste, wo sie wohnte. Was sie getan hatte, war offensichtlich, das zerstörte Türschloss und die Schäden am Holz konnte sie nicht verleugnen.

»Es tut mir leid«, flüsterte sie. »Ich wollte nur …« Sie schwieg, fühlte Riccardas Tasche unter ihrer Jacke, wie etwas Kleines, das sich darin befand, gegen ihren Bauch drückte.

»Bleiben Sie, wo Sie sind!« Nils Koslowski schrie.

Annegret sah Angst in seinen Augen.

»Kommen Sie ja nicht näher«, sagte er.

Annegret setzte sich. Sie tat nichts, um zu verhindern, dass er die Polizei rief. Auch verzichtete sie auf eine Rechtfertigung ihres Tuns gegenüber den beiden Streifenbeamten. Sie war eingebrochen, das ließ sich nicht verleugnen, sprachen das zerborstene Türschloss und ihre Anwesenheit doch Bände.

»Ich wollte doch nur irgendetwas haben, das meiner Tochter gehört. Ein Andenken. Irgendetwas«, sagte sie. »Ich weiß, ich hätte das hier nicht tun sollen. Es tut mir leid.«

Noch hatte Riccardas Freund nicht bemerkt, dass die Tasche fehlte. Sie hoffte so sehr, dass sich daran auch nichts änderte.

Mitleid stand auf den Gesichtern der beiden Polizisten.

Die Befragung schien endlos zu dauern. Annegret verstand es nicht, sie hatte doch längst alles zugegeben. Was wollten die Beamten denn noch hören? Quälend langsam schrieben sie mit, was Annegret zu Protokoll gab. Sie wartete darauf, dass sie nach Hause gehen durfte. Sofie war nun schon über zwei Stunden bei Maria, viel länger als ursprünglich geplant. Durch den Kontakt mit Steffen wusste Annegret, dass sie aller Wahrscheinlichkeit nach sowieso nichts zu befürchten hatte, jedenfalls vorerst nicht. Sie war nicht vorbestraft. Sie hatte alles zugegeben, Reue gezeigt, beteuert, in was für einer Situation sie sich befand: die Tochter wieder weg, die Sorge um das Enkelkind. Eine Kurzschlussreaktion, war das nicht nachvollziehbar? Entschuldbar?

Ein Türklingeln riss sie aus ihren Gedanken. Dann erstarrte sie, als sie erkannte, wer ins Wohnzimmer trat. Steffen. Er packte sie am Arm und zog sie in den Flur, wo sie ungestört waren.

»Ich habe doch gesagt, dass wir alles tun, um Riccarda zu finden! Meinst du, ich weiß nicht, wie wichtig das für dich ist? Denkst du, es geht mir mit Katharina anders als dir mit Riccarda? Was ist nur mit dir passiert? Wo ist der letzte Rest Selbstkontrolle geblieben? Du verlierst völlig die Kontrolle über das, was du tust! Meinst du, das ist hilfreich?« Sein Gesicht war gerötet, vor Wut oder von der Kälte draußen oder von beidem. Sie wusste, dass er auf das Gerichtsverfahren anspielte, das Nils Koslowski eventuell beginnen würde.

Annegret sah zu ihren Schnürsenkeln. Er durchschaute sie, sie wusste es. Sie schloss die Augen, wartete darauf, dass er den Polizisten von dem letzten Telefonat erzählte, von ihrer Wut. Er konnte ihr mühsam aufgebautes Entschuldigungsgebäude zusammenbrechen lassen. Kurzschlussreaktion, so hatte sie sich erklärt. Ihm war klar, dass weder diese Aktion unüberlegt war noch dass sie irgendetwas bereute. Ihr Körper wollte in sich zusammensinken, doch stattdessen richtete sie sich auf, damit Riccardas Tasche sich auf keinen Fall unter ihrer Jacke abzeichnete.

Steffen sah sie intensiv an. »Du weißt, dass das Konsequenzen für dich haben wird. Hast du mal nachgedacht, was so ein Strafverfahren bedeutet? Das kann niemand einfach zu den Akten legen.«

Er war von ihr enttäuscht, trotz allem Verständnis, das wusste sie, dafür kannte sie ihn zu gut. Er stand immer dafür ein, Vernunft walten zu lassen. Er glaubte an das Gesetz und an Recht. Das, was er möglicherweise sagen könnte, machte ihr solche Angst, dass sie befürchtete, daran zu ersticken. Doch ihre Lunge arbeitete weiter, als wäre nichts geschehen.

Steffen wartete, sah sie fragend an, doch sie schwieg.

»Du bist so was von bescheuert«, sagte er. »Wie wirkt das denn in einem Sorgerechtsprozess? Wie kommst du mit so einer Aktion rüber?«

»Wen bringt denn diese Strafanzeige weiter? Könnt ihr das nicht einstellen? Die Akte schließen? Es irgendwie unter den Tisch fallen lassen?«

»Geh«, sagte Steffen. Etwas an ihm hatte sich verändert. Das machte ihr Angst.

»Was?« Annegret hob ihren Blick. Nun war es definitiv Wut, die in ihm gärte, die sein Gesicht hart werden ließ. Er blinzelte nicht einmal – die Augen, der Mund, seine Fäuste, alles an ihm war wie versteinert.

»Du hast mich schon richtig verstanden«, sagte er. Enttäuschung stand ihm im Gesicht geschrieben.

All die Jahre über waren sie Freunde und beste Vertraute gewesen, hatten mit ihrem Verein »Schattenkinder« an einem Strang gezogen, sich unterstützt, sich Mut gegeben. Diese Nähe hatte sie nun mit ihrem Alleingang zerstört. Mit ihrem Handeln hatte sie gezeigt, dass bei ihr nur eins an erster Stelle stand, und das war Riccarda. Aber was erwartete er denn von ihr? Sie presste die Lippen zusammen. Sein Pochen auf das Gesetz kam ihr ungerecht vor. Trotzdem hoffte sie, dass er und seine Kollegen ihr wegen des Einbruchs keine zusätzlichen Steine in den Weg legen würden.

Seine Fäuste lösten sich. »Geh. Jetzt!« Er sah sie nicht an.

Sie tat, was er gesagt hatte, auch wenn sie sich über ihn genauso ärgerte wie er sich über sie. Würde er bei Katharina etwa anders handeln, wenn es eine neue Spur gäbe? War es nicht nur ihr Recht, sondern auch ihre Pflicht Riccarda gegenüber, alle Mittel und Wege auszuschöpfen?

# Kapitel 12

———•———

E rzähl mir von dir, von deinem Leben«, sagte Riccarda.

»Warum?«

»Weil wir beide sonst völlig durchdrehen.« Sie brauchte irgendetwas, woran sie sich festhalten konnte, was ihre Gedanken aus der Enge und der Dunkelheit hinausführte. Es war, als würden die alten Mauern immer mehr zusammenrücken, um sie unter und zwischen sich zu begraben. Riccarda wollte gar nicht daran denken, was geschehen konnte, wenn sich die Tür wieder öffnete. Es war eine Tatsache: Sie alle, die sich in diesem Keller befanden, stellten ein Problem dar, allein schon wegen der bloßen Existenz ihrer Körper. Sie mussten weg, vernichtet und verborgen werden, tief unter der Erde, am Grunde eines Sees oder wo auch immer. Nach dem, was hier vorgefallen war, würde möglicherweise niemand von ihnen das Kloster lebend verlassen. Riccarda versuchte, den eigenen Horrorfantasien zu entkommen, indem sie sich auf etwas konzentrierte, was real war. Sie ließ ihre Hand über die erdig-lehmige

Oberfläche des Kellerbodens gleiten, doch die erste Überlegung, die sich aufdrängte, war: Konnte man hier Leichen verscharren? Die Luft roch so intensiv nach Blut, dass sie den Metallgeruch bei jedem Atemzug schmeckte. Der Kellerraum erschien ihr wie eine Gruft mit seiner Dunkelheit, Feuchtigkeit und Abgeschiedenheit. Die Welt außerhalb existierte nur noch in ihrer Erinnerung, die von Stunde zu Stunde verblasste.

Sofie. Der Gedanke an die kleinen Füße und Hände, an das Glucksen, wenn sie satt war, an den duftenden Babykörper an ihrer Brust war inzwischen so wenig greifbar geworden, dass sie die Fassung nicht länger wahren konnte. Sie schaltete das Licht am Handy aus, auch wenn sie wusste, dass hier unten ihre Tränen und ihre Trauer überhaupt keine Rolle spielten. Es gab niemanden, vor dem sie sich schämen musste, niemanden, der ihre Gefühle wirklich wahrnehmen würde, war doch hier jeder mit sich selbst, seinen Schmerzen und seinen Ängsten beschäftigt. Der Abschied von ihrer Tochter fiel ihr am schwersten. Sie vielleicht nie wiederzusehen, zu ahnen, dass sie nicht bei Sofie sein konnte, wenn sie anfing zu laufen, die ersten Worte sprach, in die Schule kam – das schmerzte mehr als der Gedanke an das eigene Sterben.

»Okay.« Kates Stimme war nun klar und deutlich. »Mein Leben. Ha. Oder was noch davon übrig geblieben ist. Wobei – ob es je mein eigenes Leben gewesen ist? Eigentlich nicht. Eins hat sich halt aus dem anderen ergeben. Ich bin in alles so reingeschlittert. Wie es eben so läuft in der Welt. Freie Entscheidung? Leben in die Hand nehmen? Im Grunde ist das doch völliger Quatsch. Meine Mutter ist schon lange tot. Gestorben, als ich drei war. Krebs, in der Schwangerschaft diagnostiziert. Sie war also längst krank, als ich geboren wurde. Erinnern kann ich mich an sie nicht. Oft habe ich die Fotos angesehen, wie sie mich hält, wie sie mit mir spielt. Irgendwie irreal. Rein theoretisch könnte es auf den Bildern ein anderer Säugling sein oder irgendeine fremde Frau, reinkopiert mit Photoshop. Wenn ich versuche, an sie zu denken, ist da nichts. Gar nichts.«

Riccarda presste die Fäuste gegen die Schläfen. Es war keine gute Idee zu reden. Irgendwie machte es alles nur noch schlimmer. Es lenkte sie nicht ab, im Gegenteil. Was, wenn Sofie später auch einmal so empfand, wenn sie selbst, Riccarda, denselben Stellenwert hätte wie ein aus irgendeiner Zeitschrift ausgeschnittenes Bild?

»Ist was?«, fragte Kate.

»Nein. Nichts. Alles okay.« Immer, wenn sie dachte, es könnte nicht schlimmer werden, merkte Riccarda, dass sie sich geirrt hatte. Die Stille, die sich nun zwischen ihnen ausbreitete, war noch schmerzhafter als Kates Worte. Riccarda fühlte nur eine Leere, dieselbe Leere, von der Kate gesprochen hatte. Sie war in ihr, um sie herum, überall. Es war, als wäre sie ohne Rakete, ohne Raumanzug, ohne Sauerstoffflasche von der Erde ins All katapultiert worden und schwebte nun in einem dunklen Nichts, ohne Nahrung, ohne Kontakt zu irgendwem.

»Der Einzige, der immer da war, war mein Vater.« Kates Lachen ging in ein Schluchzen über. »Ein Bulle. Übervater. Perfektvater. Wie er alles allein gewuppt hat, wie wurde er dafür bewundert. Wow, er geht mit mir auf den Spielplatz. Allseitiges Applaudieren, wenn er bei Schulfesten Waffeln verkauft hat. Ja, sein Leben war für andere ein Vorbild. Wie er das schafft mit seiner Tochter. Wie er es regelt. Hatte ich gute Noten, war es auch er, der das so gut hinkriegt mit mir. Ich konnte es nicht mehr hören, wie alle immer betont haben, wie toll er ist. Für jeden Klacks gab es Hochachtung für ihn. Dabei war es genau das, was viele alleinerziehende Mütter auch getan haben. Einige in meiner Klasse lebten nur bei ihren Müttern. War gar nicht so ungewöhnlich. Aber bei meinem Vater war alles mit einem Riesenbohei verbunden. Das kam gar nicht mal von ihm, sondern von den anderen. Und ich? Ich war natürlich undankbar. Wenn ich keine Hausaufgaben machen wollte, war ich es, die ihm das Leben zusätzlich schwer machte. Wenn ich zu spät gekommen bin – wie konnte ich ihm das nur antun, wo er doch so kämpfte mit dem Job, dem Haushalt und mir? Ich war die Böse. Die Undankbare. Da hat sich gar nicht viel geändert, als ich dann wirklich Scheiß gebaut habe. Und das habe ich. Es fing an, wie es halt eben so anfängt. Ladendiebstahl, Schwarzfahren, hier und da mal mit Hasch erwischt. Was Härteres probiert. In der Fußgängerzone rumgehangen, anstatt in die Schule zu gehen. In der Schule sind sie ausgetickt. Und mein Vater zu Hause genauso.«

Riccarda wusste nur zu gut, wovon Kate sprach. Sicher war ihre eigene Vergangenheit anders, aber dann doch auch wieder nicht.

»Dann kam Nick«, sagte Kate. »Er nahm alles locker. Er war älter, schon Mitte zwanzig. Er hat mich verstanden. Mich geliebt. So genommen, wie ich bin. Dachte ich jedenfalls. Dann hat er immer öfter davon geredet, wie ich ihm auf der Tasche liege, dass ich gar nichts für unseren Unterhalt tue, dass ich nur schnorre, ohne was zu geben. Wer denn die Wohnung bezahle? Wer das Essen? Eigentlich war es längst aus zwischen uns, ich wollte nur noch weg von ihm. Hab ihm gar nicht mehr zugehört, wenn er was gesagt hat, das ging da rein und da raus. Hab ihn halt reden lassen und auf Durchzug gestellt. War nur noch da, weil es Winter war, weil er für uns beide gekocht hat. Und weil ich nicht zu meinem Vater zurückwollte. Die schlechten Momente mit Nick haben schon die guten überlagert. Dann kam mein Vater mit seiner tollen Aktion. Hetzte uns seine Kollegen auf den Hals, die die Wohnungstür eintraten, als wären sie die GSG 9 und wir Terroristen, die den Anschlag auf das World Trade Center geplant haben. Sie haben mich nach Hause geschleift, Nick eingesperrt. Aber sie mussten ihn aus der U-Haft entlassen. Und mich konnte mein Vater nicht endlos in meinem

Zimmer einschließen. Dann sind Nick und ich abgehauen und ich dachte: Nick hat ja mit allem recht. Es stimmt schon irgendwie. Ich muss auch was tun, damit es läuft. Wenn wir es schaffen wollen zusammen, müssen auch wir beide unseren Beitrag leisten. Es gab ja immer mal wieder alte Säcke, die Angebote gemacht haben, mal offener, mal eher als Andeutung. Warum nicht einfach einen Preis nennen und ihnen geben, was sie wollen? Warum nicht nutzen, wenn sich Chancen bieten? Nick hatte es schon so oft gesagt und es stimmte auch. Es war nicht so schwer. Auch nicht kompliziert. Ich musste mir nur einen Ruck geben, für Nick und für uns beide. Theoretisch war es so. Praktisch war es nicht so leicht. Wie es mir dabei ging? Na ja, lassen wir das. Erst dachte ich, ich wäre einfach zu verklemmt. Nicht locker genug. Müsste mich nur mehr bemühen. Nett sein. Stillhalten, Klappe halten, warten, bis es vorbei ist, und gut ist. Selbst dafür war ich wohl zu blöd, so kam es mir jedenfalls vor damals. Nick war sauer. Wegen meiner Anstellerei. Wegen der Diskussionen. Weil ich es eben nicht hingekriegt habe.

Dann habe ich Paul, Mika und Ben getroffen, die waren schon auf der Straße. Die haben das gelebt, wovor ich immer Angst gehabt hatte, wenn eben keine Wohnung mehr da ist, kein Nick, keine Sicherheiten. Anfangs haben wir nur geredet. Sie haben mir ein Bier abgegeben. Wir haben geraucht. Vor allem Ben hat auf mich eingeredet, dass ich mir das nicht antun müsse, dass er sich Sorgen um mich mache, dass ich immer weniger werde. Klar, wer hat noch Hunger, nachdem ...

Was ich durch die drei Jungs gemerkt habe: dass es blödsinnig ist, Angst vor dem absoluten Absprung zu haben. Wir wollten zu viert neu anfangen. Nach Spanien trampen. Wir haben uns umbenannt. Ich wollte nicht mehr Katharina sein, wurde Kate. Benedict wurde Ben. Es war ein wirklicher Neuanfang. Echt irre, wie wir es geschafft haben, ohne Geld, ohne Wohnung, ohne Plan, ohne irgendwas. Einfach durch die Gegend fahren, mal hier bleiben, mal dort, mal hier ein Aushilfsjob, mal da einer. Nichts tun, was man nicht will. Das funktioniert. Man braucht nicht viel, überhaupt ...« Kate hielt inne.

»Was ist?«

Nun registrierte auch Riccarda die Bewegung neben sich. Einer der verletzten Mönche richtete sich mühsam zum Sitzen auf.

»Ihr müsst Hilfe holen«, sagte er.

»Wir sind eingeschlossen.« Riccarda half ihm, sich gegen die Wand zu lehnen, damit er nicht wieder in sich zusammensackte.

»Neben dem Weinregal.« Er zeigte an die Seite. »Da ist eine Tür. Dann auf den Gang. Die Bodenluke. Von da führt ein Geheimgang in eine Kapelle, hoch oben in die Weinberge. Es ist dann nicht mehr weit bis ...« Er verschluckte sich und hustete.

»Wir schaffen das«, sagte Riccarda und kam sich mit einem Mal absolut lächerlich vor. Sie klang wie Anja, wiederholte selbst inzwischen die Sprüche, die sie jahrelang gehört und über die sie sich immer mehr geärgert hatte. Alles ist machbar. Du musst nur wollen. Deine Gedanken entscheiden. Sei nur in Einklang mit deinem Ich. All das Geschwafel, diese sinnlosen Phrasen vom PFAD INS LICHT, es war in ihr, so tief, dass es schon herausquoll, sie es erst im Nachhinein bemerkte. Sie schwieg, leuchtete mit der Taschenlampen-App im Raum umher, um zu verstehen, was der Mönch gemeint hatte.

Zuerst war sich Riccarda nicht sicher, ob sich dort wirklich etwas befand. Doch neben dem Weinregal, halb davon zugestellt, war eine weitere Tür, wie der Mönch gesagt hatte. Sie war nicht hoch – gerade so groß, dass man auf allen vieren durchkrabbeln konnte – und verschmolz perfekt mit der Umgebung, war dadurch fast unsichtbar. Es wirkte bei genauerem Hinsehen mehr wie der Zugang zu einem Verschlag.

»Hilf mir«, sagte Riccarda zu Kate. Sie robbte vorwärts, griff zwischen Tür und Wand, ruckelte an der Tür, die sich jedoch keinen Millimeter bewegte. Es gab keinen Griff, den sie umfassen konnten, keine Beschläge, nichts, wo sie Halt fand.

»So wird das nichts.« Kate schüttelte den Kopf.

»Ach. Was du nicht sagst.« Riccarda bemühte sich nicht, ihre Wut zu verbergen. Was sie überhaupt nicht gebrauchen konnte, waren Kritik und Pessimismus ohne einen Gegenvorschlag.

»Lass mich mal.« Kate schob sich an ihr vorbei.

Riccarda rutschte zur Seite, beobachtete, wie Kate sich genauso erfolglos abmühte wie sie selbst zuvor.

»Wir brauchen irgendetwas, um es zwischen die Wand und die Tür zu schieben. Als Hebel«, sagte Riccarda. Sie sah sich um. Es war eine der Ideen, die sich so leicht anhörten, aber in diesem Keller kaum umzusetzen waren. Es gab keinen Schraubenzieher, kein Messer, keinen Stock. »Wir nehmen mein Handy.«

»Und wenn es durchbricht?« Kate schüttelte den Kopf.

»Haben wir es wenigstens versucht.« Riccarda drückte das Smartphone in die Ritze, rechnete jeden Augenblick damit, das Krachen zu hören, wenn das Display entzweisprang. Stattdessen knirschte die Tür. Sie bewegte sich nur ein paar Millimeter, nicht viel, aber es reichte, um mit den Fingern einen Ansatzpunkt zu finden. Die Tür war so lange nicht geöffnet worden, dass sie sich nur zu zweit mit Wucht über den Boden schleifen ließ. Kate zählte von drei abwärts, damit sie zusammen ziehen konnten. Dann schwang die Tür vollständig auf.

Riccarda kroch zuerst durch, anschließend folgte Kate. Es war deutlich, wie schwer es Kate fiel, voranzukommen, auch wenn sie nicht klagte. Doch ihre Bewegungen waren langsam und vorsichtig, das Gesicht verzerrt. Sie biss sich auf die Unterlippe, ballte die Hände zu Fäusten, zog die Schultern hoch. Sie hatte Schmerzen.

»Du kannst hier warten. Ich hole Hilfe«, sagte Riccarda.

»Nein. Hier bleibe ich freiwillig nicht eine Sekunde länger.«

Der Gang, in dem sie landeten, war nicht der breite Hauptgang, über den Riccarda hereingekommen war. Es gab keine Verbindung zu den beiden Treppen. Stattdessen befanden sie sich in einem in sich abgeschlossenen Nebenbereich des Kellers. Zuerst fiel ihr Blick auf ein Brett, das an der Wand lehnte. Die Bodenluke, von der der Mönch gesprochen hatte, war leicht zu entdecken. Das Metall glänzte, als wäre es erst vor Kurzem erneuert worden oder als würde es jemand regelmäßig putzen. Drei Räume gingen von dem Gang ab. Riccarda leuchtete hinein. Sie waren vollständig leer.

»Hilf mir«, sagte Kate. Sie stöhnte auf bei dem Versuch, an dem Ring auf der Klappe zu ziehen.

Gemeinsam konnten sie die Klappe so unerwartet leicht öffnen, dass Riccarda das Gleichgewicht verlor und nach hinten fiel. Dabei ließ sie die Metallplatte los, die mit einem lauten Scheppern zu Boden donnerte, nur knapp neben ihren Füßen.

»Ich gehe vor«, sagte Kate. Alle Erschöpfung war aus ihrer Stimme verschwunden. Sie setzte sich neben das Loch, das sich nun vor ihnen auftat, ließ sich dann auf den Bauch gleiten. Zuerst senkte sie ihre Beine abwärts, holte ihr Handy hervor, leuchtete damit, dann schob sie ihren Körper nach. Der Schein, der aus dem Loch drang, wurde immer schwächer, je weiter sie vorwärtskam. »Wir sind frei. Fr...« Riccarda schaute panisch nach unten. Von Kate war nichts mehr zu sehen und zu hören, es war, als hätte sie sich aufgelöst.

»Kate?«

Es kam keine Antwort.

»Kate!« Nun schrie Riccarda, aber auch das änderte nichts. Nur Stille und Dunkelheit lagen vor ihr. Kate blieb verschwunden.

# Kapitel 13

---•---

Es dauerte Stunden, bis Sofie sich beruhigt hatte. Geschlafen hatte sie bei Maria nicht, deshalb war die Kleine überdreht, überreizt und fahrig. Wenn Annegret versuchte, sie zu streicheln, zuckte sie weg und verzog das Gesicht. So war es jedes Mal bei Sofie: Wenn der Einschlafpunkt verpasst war, wurde es schwierig, weil sie dann ihre Müdigkeit nicht mehr wahrnahm und ihr eine ständig zunehmende Aktivität entgegensetzte. Dann war sie wie ein Empfangsgerät, bei dem jemand die Eingaberegler viel zu weit aufgedreht hatte. Bei jedem noch so kleinen Geräusch fuhr sie zusammen. Das Licht eines vorbeifahrenden Wagens, das an die Raumdecke geworfen wurde, riss sie aus dem Schlaf. Jede Lageveränderung wurde von lautem Protest ihrerseits begleitet.

Doch nun war es endlich geschafft. Annegret wagte nicht aufzuatmen, weil selbst das Geräusch der Luft, die sie ausstieß, alles wieder zunichtemachen konnte. Nun lag Sofie in Annegrets Bett und schlief. Langsam entfernte sich Annegret aus dem Schlafzimmer, setzte bei jedem Schritt erst die Fußspitze auf, lauschte auf ein eventuelles Knarzen des Parketts und erst, wenn das ausblieb, rollte sie mit dem gesamten Fußballen ab.

Im Wohnzimmer griff sie sofort nach Riccardas Handtasche. Ihre Finger glitten über den Cordstoff, der sich so weich anfühlte wie das Fell eines Hamsters, wenn sie von rechts nach links strich; von der anderen Seite glich der Stoff einer Ansammlung von Widerhäkchen. Es gab so viele Fotos, auf denen Riccarda die Latzhose aus Cord getragen hatte, die sie später zu der Tasche verarbeitet hatte! Das Blumenmuster aus Pailletten war nicht mehr vollständig, einzelne Plättchen hatten sich gelöst, ein paar waren verknickt, verfärbt oder hatten den Glanz verloren und bewiesen damit, wie häufig Riccarda die Tasche getragen haben musste.

Annegret zog den Reißverschluss auf, strich über das glatte Innenfutter aus Satin. Doch innen war – nichts. Kein Handy. Kein Skizzenblock. Nicht einmal ein Stift oder Taschentücher. Dabei war sie sich in Nils Koslowskis Wohnung noch absolut sicher gewesen, etwas Hartes, Festes in der Tasche als Druck an ihrem Bauch gefühlt zu haben.

Annegret fluchte. Für diese Enttäuschung hatte sie Steffens Freundschaft aufs Spiel gesetzt, nun ein Strafverfahren am Hals und musste möglicherweise noch ihre Ersparnisse aufbrauchen, um einen Anwalt wegen des bevorstehenden Gerichtsverfahrens zu bezahlen? Annegret zwang sich, vor Frustration nicht laut aufzuschreien und womöglich Sofie zu wecken. Das durfte doch nicht wahr sein!

Annegret stülpte die Tasche von außen nach innen, doch nichts, gar nichts war darin, nicht einmal ein Krümel. Wahrscheinlich hatte Riccardas Freund den Inhalt längst an sich genommen, überlegte Annegret. Dann stutzte sie. In der Ecke der Tasche spürte sie bei der Berührung etwas Hartes, Kleines. Sie fühlte vorsichtig – als könnte sich ihre Wahrnehmung auflösen – zwischen Futter und Außentasche, tastete weiter, bis sie begriff, was sie gefunden hatte: einen Schlüssel. Er war so eingenäht, dass man nur an ihn herankommen konnte, wenn man das Innenfutter auftrennte. Annegret holte eine Schere. Sie zögerte. Ihre Begabungen lagen bei Naturwissenschaften und Mathematik, nicht bei Handwerklichem. Filigrane Geschicklichkeit war nie ihre Stärke gewesen, Handarbeiten aller Art waren für sie eine Quälerei. Sie würde es nie schaffen, die Naht sauber zu lösen, sodass sie wieder ohne Schäden an genau der Stelle zugenäht werden könnte. Es fühlte sich an, als würde sie zu einem Faustschlag ausholen. Dann tat sie es. Sie bohrte mit der Scherenspitze ein Loch in das Futter, schnitt es größer, bis sich der Schlüssel herausziehen ließ. Er war klein und seine Form ungewöhnlich: Am Schlüsselhalm befanden sich zwei ausladende, aufgelötete Schlüsselbärte mit einem Zackenmuster, das an beiden Seiten an die Skyline einer nächtlichen Stadt erinnerte. Der Schlüsselgriff war rund, mit schwarzem

Kunststoff ummantelt, verstärkt und mit einer Nummer versehen. 218 stand darauf. Annegret ließ den Schlüssel in ihrer Hand ruhen. Sie fühlte die Kälte des Metalls, die spitzen Zacken, wie sie stachen, wenn sie die Hand um den Schlüssel schloss. Ob er zu einem Hotelzimmer gehörte? Zu einem Schließfach?

Dieser Schlüssel war der einzige Hinweis, den sie auf Riccarda hatte. Dass Riccarda ihn so gut versteckt hatte, verstärkte Annegrets Skepsis gegenüber Nils Koslowski. Nicht nur, dass Riccarda ihm Sofie nicht gegeben hatte, auch das Einnähen des Schlüssels zeugte nicht von großem Vertrauen.

Um zu begreifen, was es mit dem Schlüssel auf sich hatte, fiel ihr als Unterstützungsmöglichkeit nur Steffen ein. Gegenstände zuzuordnen und einzuschätzen, das waren sein Beruf und seine Kompetenz. Eigentlich war er der letzte Mensch auf Erden, von dem sie an diesem Tag Hilfe annehmen wollte. Trotzdem fiel ihr keine Alternative ein. Sie zögerte, dachte noch einmal nach, dann fotografierte sie den Schlüssel mit dem Handy und schickte das Bild an Steffen.

Weißt du, was das für ein Schlüssel sein könnte?, schrieb sie ohne Erklärung, möglichst kurz und beiläufig. Es half nicht, eine Diskussion über das Geschehene zu beginnen, auch eine Entschuldigung wäre in dem Zusammenhang sinnlos, weil er sie als reine Berechnung einordnen und nicht akzeptieren würde.

Bald erschien anstelle des »zugestellt« ein »gelesen: 2:49«. Er schlief also auch noch nicht. Annegret kontrollierte die WLAN-Stärke. Sie war perfekt, genauso wie der Mobilfunk-Empfang, doch eine Antwort von Steffen blieb aus. Eine Viertelstunde lief sie im Wohnzimmer auf und ab, vom Tisch zur Terrassentür, dann zur Küche, wieder zum Tisch, um den Tisch herum. Noch einmal sah sie auf die Uhr. Zwanzig Minuten waren nun vergangen, seit Steffen die Nachricht gelesen hatte. Dann nahm sie ihr Handy und schrieb:

Hast du so einen Schlüssel schon früher gesehen? Bitte, Steffen! Es ist wichtig! Hilf mir!

Auch diese Nachricht wurde innerhalb von Sekunden zugestellt und gelesen.

Steffen!

Auch ihre dritte Nachricht erreichte ihn sofort, aber Steffen schien wirklich wütend zu sein. So kannte sie ihn gar nicht, hätte nie gedacht, dass er so extrem nachtragend sein könnte.

Was ist so schwer daran, mir kurz eine Antwort zu geben? Steffen, verdammt! Dann lass es eben!

Annegret stöhnte. Dann riss der Plington einer eingehenden Nachricht sie aus ihren Gedanken.

Schließfach am Hbf

Annegret überlegte, ihn anzurufen, zu versuchen, die Spannungen zwischen ihnen aus der Welt zu schaffen, doch dann schrieb sie nur zurück:

Danke!

Sie hatte keine Kraft für eine erneute Auseinandersetzung, nicht jetzt. Annegret dachte an Sofie. Sie rechnete. Mit dem Wagen waren es zehn Minuten zum Bahnhof, einen Parkplatz würde sie um diese Uhrzeit problemlos finden. Innerhalb von fünf Minuten hätte sie das Schließfach gefunden und ausgeräumt, weitere zehn Minuten später wäre sie wieder zu Hause. Trotzdem brachte sie es nicht über sich, ihre Jacke zu nehmen und ins Auto zu steigen. Auch wenn Sofie schlief, konnte Annegret das Baby nicht alleinlassen, auch wenn Sofie aller Wahrscheinlichkeit nach von der Abwesenheit nichts mitbekommen würde. Aber allein die Vorstellung, dass Sofie aufwachen könnte, dass dann niemand da wäre, ließ einen Druck hinter ihrer Stirn entstehen. Und dann dachte sie an die Einbrüche, dass sich jemand wieder Zutritt zum Haus verschaffen könnte und Sofie ihm ausgeliefert wäre. Nein, sie würde Sofie mitnehmen.

Sofie machte es Annegret viel leichter, als sie es sich erhofft hatte. Die Kleine wachte bei der Umlagerung in den Maxi-Cosi nicht auf, schlief auf der Fahrt weiter. Selbst die Kälte auf dem Weg durchs Freie zum Bahnhof und das nächtliche Lärmen im Bahnhofsgebäude weckten Sofie nicht auf.

Annegret schloss für einen Moment die Augen, als der Schlüssel problemlos in das Schließfach mit der Nummer 218 glitt. Steffen hatte recht gehabt! Im Fach befand sich eine Plastiktüte, die mit braunem, dickem Klebeband zusammengewickelt war wie ein Päckchen.

Eilig steckte Annegret die Tüte ein und widmete sich wieder Sofie. Nur auf der Rückfahrt weinte das Baby kurz, nickte aber innerhalb weniger Minuten wieder ein. Zur Sicherheit fuhr Annegret noch eine Extrarunde durchs Stadtgebiet. Das Schaukeln und das gleichmäßige Fahrgeräusch wirkten wie ein Beruhigungsmittel, nicht nur auf Sofie, sondern auch auf sie selbst.

Zu Hause angekommen, stellte Annegret den Maxi-Cosi mit Sofie darin ins Schlafzimmer, ohne die Kleine herauszuheben. Dann kehrte sie ins Wohnzimmer zurück und widmete sich dem Päckchen. Zuerst löste sie das Paketklebeband, riss dann das Plastik auseinander. In der Tüte befand sich zuoberst ein Skizzenblock, der ein Tagebuch zu sein schien. Bevor sie sich damit befasste, wollte sie noch den restlichen Inhalt der Tüte prüfen. In der Ecke der Tüte fand sie einen USB-Stick. Annegret legte den Skizzenblock und den Stick nebeneinander. Ihre Augen brannten vor Müdigkeit, die Hände zitterten vor Erschöpfung und Nervosität. Ihr Kopf schmerzte. Alles in ihr sehnte sich danach, ins Bett zu fallen und einfach nur noch zu schlafen, doch Annegret wusste, dass sie sowieso keine Ruhe finden würde, bis sie nicht vollständig geklärt hatte, was sich da vor ihr befand.

So steckte sie den USB-Stick in ihren Computer. Nur eine einzige Datei mit dem Namen »Der PFAD INS LICHT – der Weg zurück in die Freiheit« war darauf enthalten. Annegret öffnete das Word-Dokument und begann zu lesen.

Sofie wachte auf. Annegret fütterte und versorgte sie, während sie weiterlas. Beim Wickeln stellte sie das Skizzenbuch aufgeschlagen auf die Wickelkommode und hielt den Blick unablässig darauf gerichtet. Ihre Hände bereiteten automatisch die Fläschchen zu, während sie weiterlas. Nie hatte sie verstanden, wie ihre Nachbarin es schaffte, mit einem Buch in der Hand schnellen Schrittes ohne zu stolpern durch den Wald zu wandern, nun spürte Annegret es selbst: Es war nur eine Sache der Konzentration. Wenn alle Sinne beim Lesen auf den Inhalt gerichtet waren, wenn die Aufmerksamkeit vollständig eingesogen wurde, konnte der Körper automatisch agieren, er tat, was er immer getan hatte, konnte ohne bewusste Steuerung Arme, Hände, Beine und Füße koordinieren. Die Füße spürten die Bodenunebenheiten und glichen sie automatisch aus. Auch schmerzten diesmal ihre Arme nicht, als sie Sofie zur Beruhigung unzählige Male die Treppe hoch- und wieder heruntertrug.

Am Nachmittag dröhnte Annegrets Kopf. Ihre Müdigkeit war vollständig verschwunden. Nun wusste sie sicher, dass Riccarda in Gefahr war. Annegret hatte das Buchmanuskript gelesen, das sich auf dem USB-Stick befand. Es war nicht fertig, es gab viele Fragen und Unsicherheiten, aber es war klar, dass Riccarda über ihren Kampf schrieb, sich aus den Fängen einer Sekte zu befreien, in die sie durch Anja, ihre Bettnachbarin in Marokko, geraten war. Sie wusste aufgrund des Tagebuchs auch, dass Riccarda das Johanneskloster besuchen wollte, um für ihr Projekt gegen die Sekte Unterstützung zu erbitten. Nichts, wirklich nichts hatte Riccarda bei ihren Recherchen und ihrem Tun dem Zufall überlassen. Und so ahnte Annegret auch zum ersten Mal, warum Riccarda nicht auftauchte, warum sie sich versteckte, wohin sie gegangen sein könnte. Nur eins begriff Annegret nicht: Bei allem, was sie gelesen hatte, tauchte nie Nils' Name auf. Es war, als würde er in ihrem Leben gar nicht existieren. Seine Rolle in alledem verstand sie immer weniger, je mehr sie darüber nachdachte.

Annegret schob die Überlegungen beiseite, denn nun war es Zeit, zu handeln.

# Kapitel 14

Berlin 2015

Riccarda sah sich hektisch um. Von Anja und den anderen war nichts zu sehen, doch das bedeutete gar nichts. Überall konnte sie auf jemanden treffen, der sie erkannte und verriet. Und was dann geschehen würde, wusste sie aus Erzählungen, die sie im Laufe der Jahre hinter vorgehaltener Hand gehört hatte. Unter Drogen gesetzt. Bedroht. Zum Schweigen gebracht. Gehirnwäsche. Im Keller des Verlagsgebäudes eingesperrt, bis die »Verräter« wieder zur Vernunft kamen. Was davon stimmte, wusste sie nicht, vorstellbar waren für sie inzwischen alle Möglichkeiten und noch Schlimmeres. Dass es der Organisation nicht darum ging, Menschen in einer Umbruchs- oder Krisensituation helfen, ihr Leben wieder zu ordnen, dass Wohltätigkeit nur der äußere Schein war, dass es keine Leistung ohne mindestens doppelte Gegenleistung gab, das hatte sie inzwischen begriffen. Aber es war schlimmer, viel schlimmer.

Riccarda wünschte sich, fünf Jahre zurückspringen zu können, zu der Zeit vor der Fehlgeburt, vor der Schwangerschaft. Die Probleme, die sie damals als Schülerin gehabt hatte, erschienen ihr nun lächerlich gegenüber der Katastrophe, die sie selbst heraufbeschworen hatte. Als sie noch bei ihrer Mutter gewohnt hatte, wäre es im Nachhinein betrachtet ganz einfach gewesen: Sie hätte zum Schuldirektor gehen können, sich entschuldigen, um noch eine Chance bitten. Morgens pünktlich aufstehen. Frühstücken. Am Schulunterricht teilnehmen. Mittagessen. Hausaufgaben machen. Abendessen. Lesen. Fernsehen. Am Computer daddeln. Am Wochenende mit Freunden etwas unternehmen. Feiern. Das, was sie früher als fürchterlich langweilig empfunden hatte, erschien ihr heute wie das Paradies.

Nun besaß sie nur noch das, was sich in ihrem Rucksack und in ihrer kleinen Umhängetasche befand. Das meiste hatte sie zurücklassen müssen. Obwohl der Rucksack höchstens sieben oder acht Kilo samt Inhalt wog, drückte er auf den Schultern, erschwerte das Vorwärtskommen. Sie war müde, schlapp und hungrig. Und durstig. Die letzte Mahlzeit, die sie am Tag zuvor zu sich genommen hatte, war ein halber, weggeworfener Cheeseburger gewesen, dazu Wasser aus dem Trinkspender einer Drogerie. Körperliche Bewegung und Anstrengung war sie nicht mehr gewohnt, hatte sie doch die letzten Jahre die meiste Zeit am Telefon oder vor dem Computer verbracht.

Noch einmal öffnete sie ihre selbst genähte Tasche und zählte das Geld, das sie besaß: 22,50 Euro. Um das zusammenzubekommen, hatte sie zwei Tage gebraucht, in Mülleimern und Grünanlagen Pfandflaschen gesucht. Mehr ließ sich auf diese Weise kaum verdienen. Zusätzlich merkte sie, dass selbst das Flaschensammeln etwas war, was Lehrzeit brauchte. Man musste die Stellen kennen, an denen nicht mehrmals am Tag andere Flaschensammler vorbeikamen. Man musste wissen, wo man viele der besten Flaschen finden konnte, das waren die kleinen 0,5 Liter-Einwegflaschen aus Plastik. 25 Cent waren die wert, leicht zu transportieren und damit auch gut zwischenzulagern. Doch meistens fand sie nur Mehrweg-Bierflaschen aus Glas, die gerade einmal acht Cent einbrachten. Diese Einkunftsmöglichkeit war nicht nur durch die langen Wegstrecken und ihre eigene Unerfahrenheit keine Lösung, sondern sie brachte auch Gefahren mit sich, die Riccarda nicht geahnt hatte. Zweimal war sie fast von einer Ratte oder einer großen Maus gebissen worden. Es war so schnell passiert, dass sie gar nicht genau hatte erkennen können, was für Nagetiere es auf sie abgesehen hatten. Sie waren innerhalb von Sekundenbruchteilen angriffsbereit aus dem Mülleimer hochgesprungen. Beide Male war Riccarda nur mit viel Glück einer Verletzung entkommen, hatte zwar die Zähne an ihrer Haut gespürt, ihre Hand aber schnell genug weggezogen. Dann die Glasscherben, die sich in den Abfallkörben befanden! Riccarda stöhnte. Sie lehnte sich an eine Hauswand und blickte sich um. Die Siedlung um sie herum bestand aus Einfamilienhäusern mit gepflegten Vorgärten, Ketten vor den Einfahrten. Obwohl sie fünf Jahre lang in dieser Stadt gelebt hatte, war sie hier eine Fremde.

Riccarda strich sich durch die Haare. In nassen Strähnen hingen sie ihr in die Stirn, kitzelten an der Nase, fühlten sich schwer wie eine mit Wasser vollgesogene Perücke an. Sie hatte weder Stadtplan noch Handy. Auch wollte sie nirgends klingeln, um nach dem Weg zu fragen, wusste sie doch nicht einmal, wohin sie wollte. Irgendwohin, wo es billig etwas zu essen gab, oder in eine Kneipe, wo sie sich bei einer Tasse heißer Schokolade ausruhen konnte.

Sie gab sich einen Ruck, löste sich von der Hauswand und ging weiter die Straße entlang. Nach nur rund einem Kilometer erreichte sie eine Kreuzung, an der das Stadtbild völlig verändert war. Mehrfamilienhäuser ragten an beiden Straßenseiten auf. Kinder spielten auf Gehwegen, Höfen und Plätzen. Aus einer Bar drangen melancholische Saxophonklänge. Riccarda blieb stehen und hörte der Musik zu, die so schön und traurig zugleich war, dass sie merkte, wie ein Druck hinter ihren Augäpfeln entstand. Sie blinzelte, bevor sich eine Träne lösen konnte. Auf der Speisekarte standen nur Gerichte, die man gewöhnlich als Vorspeisen bezeichnete, die hier aber als Hauptspeisen zu den entsprechenden Preisen geführt wurden. Rindercarpaccio 18,90. Herbstsuppe mit Maronen 9,90 – das war das Günstigste, das sich finden ließ. Trotzdem trat Riccarda ein, wegen der Musik und weil niemand vom PFAD INS LICHT sich je hierhin verirren würde. Die Bar war zu abgelegen. Ein „Pfuhl der Sünde", den niemand von ihren alten Freunden und Bekannten freiwillig betreten würde.

Der Blick des Saxophonisten ruhte auf ihr, als sie eintrat. Sie musterte den jungen Mann, der von einem Cello und einem Klavier begleitet wurde. Auch sie betrachtete ihn so intensiv, dass es schon ein Starren war, was ihn aber nicht zu stören schien. Er zwinkerte ihr zu. Sie drehte sich weg und suchte sich einen Platz in der Ecke, von dem aus sie einen guten Überblick über den Raum hatte, selbst aber im Dunkel blieb. Um die Musiker und um die Theke herum war es voll, verraucht und eng, aber in ihrer Ecke, die nur schummrig beleuchtet war, gab es noch einige andere leere Tische. Abgeschirmt durch die aufgehängten Mäntel und Jacken der Garderobe, konnte sie den Saxophonisten unbemerkt beobachten. Nicht nur seine Musik hatte etwas, was ihr Inneres durchschüttelte, was sie tröstete und aufwühlte, sondern er selbst erinnerte sie an jemanden, den sie sehr gut kannte, auch wenn sie ihm noch nie zuvor begegnet war. Dass keiner der Kellner von ihr Notiz nahm, störte sie nicht. Sie hatte es an ihrem Platz warm, konnte den Rucksack abstellen und bekam kostenlos ein wunderbares Konzert. Ein paar Tische weiter entdeckte sie eine gefüllte Brotschale neben leeren Gläsern. Riccarda stand auf und griff schnell zu, ließ das Brot – es war sogar Nussbrot, freute sie sich – in ihrer Jackentasche verschwinden. Dann verbarg sie sich wieder in ihrer Ecke, nahm ein Stück Nussbrot und zwang sich, nur kleine Bissen zu nehmen und ausgiebig zu kauen. In ihr breitete sich eine Entspannung aus, die es ihr schwer machte, die Augen weiter offen zu halten. Sie war so müde!

Die Musik setzte aus. Riccarda überlegte, aufzustehen und zu gehen, hatte sie doch bereits mehr bekommen, als sie sich erhofft hatte. Dann begegnete ihr Blick wieder dem des Saxophonisten. Er legte sein Instrument auf das Klavier und kam auf sie zu.

»Du sitzt ja noch auf dem Trockenen«, sagte er und sah durch das Fenster. »Und draußen schüttet es schon wieder. Wie aus Kübeln.«

»Tut mir leid. Ich muss.« Sie stand auf, auch wenn die Vorstellung, in die Nässe und Kälte hinauszugehen, mehr als abschreckend war. Aber an diesen ruhigen, friedlichen Ort gehörte sie nicht. Ihre Jeans war schmutzig, die waren Handinnenflächen dreckig, die Fingernägel schwarz gerändert. Sie schämte sich, kam sich lächerlich vor bei dem Gedanken, er könnte sie sympathisch finden, sich für sie interessieren.

»Hey, bleib doch. Ich lade dich ein«, sagte er.

Riccarda sah ihn an, versuchte zu erkennen, ob das ein schlechter Scherz war.

»Ich bin Nils. Such dir was aus. Es geht auf mich.«
Er nahm die Speisekarte aus dem Ständer und reichte sie
ihr.

»Echt jetzt?«

»Nur, wenn ich mich zu dir setzen darf.«

Sie nickte, nahm wieder Platz.

»Du warst noch nie hier, oder? Woher kommst du?«

Sie hielt ihm die Speisekarte hin. »Was würdest du
mir denn empfehlen?«

Auf seinen Vorschlag hin bestellte sie eine überba-
ckene Nudelpfanne und einen Cocktail, dann dasselbe
noch einmal – Nils hatte ja versprochen zu zahlen. Die
Wärme, die sich vom Essen und vom Alkohol
zusammen mit der inneren Ruhe ausbreitete, war das
Beste, was sie seit Jahren erlebt hatte. Bald hatte sie das
Gefühl, sein gesamtes Leben zu kennen, alles von ihm
zu wissen von seiner Geburt bis zu seinem Musikstu-
dium.

»Musst du nicht wieder spielen?«, fragte sie und
zeigte in Richtung Bühne.

»Heute nicht mehr.« Er lachte. »Aber nun zu dir. Du
hast mir noch immer nicht deinen Namen gesagt.«

»Echt nicht? Tut mir leid. Riccarda.«

»Was machst du hier in der Stadt? Du kommst nicht
von hier, oder?«

Sie nickte. »Nicht direkt von hier.«

»Und was machst du so?«

»Hier sitzen.« Sie schob sich noch eine Gabel voller Nudeln in den Mund.

»Und beruflich?«

»Nichts Besonderes.«

»Gesprächig bist du ja nicht gerade.« Er sagte es so, dass es mehr wie ein Scherz als ein Vorwurf klang.

»Manchmal läuft einfach alles schief und es ist besser, nicht darüber zu reden. Nicht mal dran zu denken. Das frustriert nur.« Sie lehnte sich zurück. Es war so wunderschön an diesem Ort, als befände sie sich in einer Blase fernab der Welt mit all ihren Notwendigkeiten und Problemen, weg von Unsicherheiten und Ängsten. Sie wollte nichts erzählen, einfach nur da sein, essen, trinken. Er blieb ihr gegenüber sitzen, als wären sie ein altes Ehepaar, das sich seit einem halben Jahrhundert kannte, als wäre alles gesagt, was es zu sagen gab. Doch da er sie ansah, als würde er sie schon so lange kennen, konnte sie irgendwann nicht mehr anders, als mit ihm zu reden. »Ich stecke in der Scheiße«, begann sie und verbarg ihr Gesicht hinter den Händen. Dann erzählte sie ihm alles, egal, was er denken mochte, egal, wenn er sie dann für völlig durchgedreht hielt. Sie redete von Marokko, von Anja, vom PFAD INS LICHT, davon, dass sie einfach abgehauen war und nichts hatte außer diesem Rucksack und ihrer kleinen Handtasche. Sie wollte keine Hilfe, sondern nur reden. Er gab keinen Rat. Er kommentierte nicht. Er war nur da und hörte zu. Als sie fertig war, als alles, was gesagt werden konnte, gesagt war, sahen sie sich beide an und schwiegen. Sie hatte das Gefühl, so leer zu sein, als gäbe es keine Worte mehr in ihr. Ihre Müdigkeit ging über das Körperliche hinaus.

»Und jetzt?«, fragte er.

Sie schwieg.

»Wenn du willst, kannst du bei mir pennen.«

Sie zuckte mit den Schultern. »Ich weiß nicht.«

»Ich in meinem Bett. Du auf dem Sofa im Wohnzimmer. Du kannst das Wohnzimmer auch abschließen.«

»Warum tust du das?« Sie verstand ihn nicht. »Ich kann dir für all das gar nichts zurückgeben. Schon für die Einladung nicht. Du musst das nicht.«

»Man muss gar nichts, außer sterben. Muss immer alles einen Grund haben?«

Sie überlegte. Dann dachte sie an noch eine Nacht auf der Straße. An die Möglichkeit einer heißen Dusche bei ihm.

»Okay«, flüsterte sie. Und in dem Moment kam ihr die Idee, die ihr so genial und einfach erschien, dass sie nicht begriff, warum sie nicht schon eher darauf gekommen war. Es stimmte, was er sagte: Sie musste gar nichts. Sie musste nicht einmal eine Lösung finden. Aber sie konnte etwas Ungeheures probieren: zu Anja zurückkehren, Reue heucheln, sich scheinbar wieder integrieren und sich nicht mit dem zufriedengeben, was man so hörte. Sie konnte auf ihre Angst pfeifen und herausfinden, was beim PFAD INS LICHT wirklich

182

geschah. Was war mit dem Keller des Verlagsgebäudes? Was lief hinter den Kulissen? Wer stand eigentlich hinter dieser Organisation? Was passierte mit denen, die ausstiegen? Mit diesem Wissen ließ sich nicht nur Geld verdienen, es konnte ihr helfen, ein eigenes Leben aufzubauen, unabhängig von dem ganzen Vergangenheitsmist. Ganz neu anfangen. Sie sagte es sich noch einmal. Ganz neu. Zum ersten Mal sah sie in ihrem Leben eine wirkliche Option.

# Kapitel 15

A nnegret kam sich schäbig vor, wie sie schon seit einer halben Stunde aus dem Fenster starrte und darauf wartete, dass Marias Wagen die Straße entlangfuhr und in die Hauseinfahrt einbog. Sofies Lachen, die Lebendigkeit, mit der die Kleine immer wieder ihre Hände hob und in Annegrets Locken griff, machte die Angelegenheit nicht leichter. Doch sie wollte weg, um das zu erledigen, was ihr nicht aus dem Kopf ging: Sie musste zumindest versuchen, Riccarda zu finden.

Damals, vor 24 Jahren, mit Riccarda als Säugling, war es auch nicht einfach gewesen. Dieter hatte in seinem Ingenieurbüro täglich Überstunden gemacht, alles für die Familie, wie er betont hatte. Sie ahnte schnell, dass es nicht stimmte, dass seine Ausflüchte damit zusammenhingen, dass ihr Körper nicht mehr so war wie vor der Schwangerschaft. Dass es für ihn alles andere als sexy war, wenn die Brust dem Kind gehörte, die Augenringe zu dunkel waren, um sie mit Make-up zu überschminken. Sie war müde, sie war erschöpft, sehnte sich nach nichts mehr als einer Nacht ohne Störung, einer heißen Badewanne und danach, dass ihr jemand die Füße und den Rücken massierte oder für sie kochte. Dass nicht immer nur sie diejenige war, die sich kümmerte, sondern dass es irgendwo auf der Welt einen Menschen gab, der auch sie bemutterte. Für sie war nichts mehr wie vorher gewesen, während für Dieter das Leben im Grunde weitergegangen war wie bisher, nur dass die Frau an seiner Seite seine Bedürfnisse nicht mehr erfüllt hatte. Sie war für ihn zur Spaßbremse geworden. Sich das einzugestehen, hatte geschmerzt wie nichts zuvor.

Wenigstens hatte Dieter hin und wieder gesaugt oder die Spülmaschine ausgeräumt, sodass sie sich ganz auf Riccarda konzentrieren konnte. Nun war Annegret genauso müde wie nach Riccardas Geburt, eher noch müder, weil ihr Körper mit dem neuen Rhythmus nicht klarkam. Auch wenn sie noch so erschöpft war, nur noch im Automatikmodus funktionierte, gelang es ihr nie, tagsüber einzunicken, wenn Sofie schlief. Sie bewegte sich durch den Alltag wie ein Aufziehtier, das weiterrotierte, obwohl der Aufziehmechanismus längst über seinen Stopppunkt hinausgedreht worden war.

Was sie jetzt auch tat, es war falsch. Plante sie – wie an diesem Nachmittag –, Sofie wieder zu den Nachbarn zu bringen, beging sie einen Verrat an ihrem Enkelkind, weil sie den wichtigsten Menschen abschob, der ihr geblieben war. Tat sie es nicht, war es ein Verrat an Riccarda und der Hoffnung, die sie geschworen hatte niemals aufzugeben.

Das nahende Motorengeräusch und die Lichter auf der Straße erlösten Annegret aus ihren Überlegungen, die sowieso nicht weiterführten. Eilig nahm sie Sofie hoch, ging die Treppe hinunter, dann nach draußen, um Maria abzupassen, bevor sie im Haus verschwand.

Annegret brauchte nicht viel zu erklären. Sie wollte nach Riccarda suchen, hatte einen neuen Hinweis. Maria nickte verständnisvoll, Sofies Lächeln tat ein Übriges. Marias Gesicht entspannte sich, sie erwiderte das Lächeln. Sofie juchzte, als Maria sie am Hals kitzelte und die Arme nach ihr ausstreckte. Annegrets Atem ging schwer, als würde er sich irgendwo zwischen Lunge und Hals verklemmen. Marias Umgang mit der Kleinen war so unbeschwert und locker! Ihre Kraft schien unendlich zu sein. Alles, was Annegret selbst nur mit Mühe und vielen Kämpfen schaffte, gelang Maria, als wäre es das Einfachste auf der Welt.

»Fläschchen, Windeln und Milchpulver stehen ja noch bei mir in der Küche«, sagte Maria.

»Danke dir.« Annegret schob ihre Trauer beiseite, die sie jedes Mal packte, wenn sie von Sofie wegging. »Meinst du, Sofie kann die ganze Nacht bis morgen früh bei dir bleiben? Ich weiß nicht, wie schnell ich zurück sein kann. Mit Glück in zwei oder drei Stunden. Mit Pech dauert es sehr viel länger. Ich beeile mich natürlich.«

»Mach dir keinen Stress. Wir schaffen das schon, oder, meine Kleine?« Maria hob das Baby hoch, drehte es wie einen Propeller über ihrem Kopf.

Sofies stilles Lächeln wurde zu einem lauten Glucksen und Juchzen.

Annegret wandte sich ab. Sie winkte, ohne sich noch einmal umzusehen. Das, was sie tat, war das Richtige, die einzige Chance, Riccarda zu finden, sagte ihr Verstand. Doch das Magengrummeln bei Sofies Abgabe blieb trotz aller logischen Argumente bestehen.

Um schneller zurück zu sein, verzichtete Annegret darauf, sich umzuziehen. Sie holte nur die Daunenjacke aus der Garderobe. Das musste reichen. Dann beeilte sie sich, in ihren Wagen zu kommen. Vergeblich versuchte sie, die Adresse des Klosters in das Navigationsgerät einzugeben. Es existierte kein Straßenname und erst recht keine Hausnummer. Als Sehenswürdigkeit war das Kloster auch nicht im Menü gelistet. Dann suchte sie mit ihrem Handy die GPS-Koordinaten heraus, doch es wurde nichts als Wald und Felder angezeigt, eine einzige Grünfläche, als gäbe es das Kloster gar nicht. Erst als sie im vierten Versuch über eine App eine Wanderkarte auf dem Smartphone aufrief, sah sie all die Pfade vor sich, die zu dem alten Gebäude führten. Eine ausgebaute Straße war nicht eingezeichnet. Welches nun die beste Strecke war, blieb Glückssache. Sie stellte das Handy mit der Wander-App hinter das Lenkrad vor das Tachometer. Die Sprachausgabe funktionierte nicht, so musste sie sich an dem kleinen roten Punkt orientieren, der sich während der Fahrt über das Display bewegte.

Den Weg zu wählen, der am breitesten kartografiert war, schien ihr am logischsten. Wegen ihres zugestellten Tachometers wurde sie zweimal an Ortseinfahrten geblitzt, doch diesmal regte sie sich nicht darüber auf. Vom Idealfall war sie sowieso schon so weit entfernt, dass sie sich daran nicht mehr orientierte. Die Strafzettel, die Streitereien mit Steffen, das Einspannen von Maria als Babysitterin wären nebensächlich, wenn sie Riccarda wiederfände. Es ging nicht mehr um den idealen Weg, sondern darum, überhaupt einen gangbaren zu finden.

Nur knapp konnte sie vor einem umgestürzten Baumstamm bremsen, der sich hinter einer Kurve auf dem holprigen Asphaltweg befand. Annegret fluchte. Sie stieg aus. Der quer liegende Baum reichte rechts und links des Weges so weit in das Unterholz, dass selbst eine Passage zu Fuß schwierig war. An beiden Seiten war die Erde von Wildschweinen aufgewühlt und matschig. Wasserlachen glänzten schwarz im Streulicht der Scheinwerfer. Annegret betrachtete die vor ihr liegende Strecke auf dem Handy. Kälte und Nieselregen wehten ihr entgegen. Es war so diesig und neblig, dass die Umgebung die Autoscheinwerfer nach nur ein paar Metern im Dunkel verschwinden ließen. Auch das, was sich direkt vor ihr befand, konnte sie mit den Augen nicht abschätzen. Hinter dem Baum schien sich nur ein schwarzes

Nichts zu befinden. Alle anderen Wege zum Kloster waren auf der Handykarte schmaler eingezeichnet. Manche waren nur dünn gestrichelte Linien, Trampelpfade, bei Dunkelheit wohl kaum erkennbar, was keine große Hoffnung machte.

Es gab noch eine weitere Wegmöglichkeit, die vielversprechend schien, weil sie so geradlinig war. Annegret schaltete Motor und Scheinwerfer aus, wartete, bis sich ihre Augen an die Nacht gewöhnt hatten. Sie blickte sich konzentriert um. Zuerst nahmen die Bergkuppen hinter ihr Konturen an. Sie hielt sich an den Ästen des umgestürzten Baumes fest und wuchtete sich auf den Stamm. So konnte sie erkennen, dass sie sich auf einer Anhöhe befand. Hügelige Ausläufer des Taunus breiteten sich um sie herum aus. Unter diesem Aspekt wirkte ein wie mit einem Lineal angelegter Weg wie ein schlechter Scherz. Wie sollte die Streckenführung bei solch einer Geländebeschaffenheit geradeaus gehen? Rund fünfzehn Kilometer zu fahren, um den geraden Weg zu erreichen, erschien ihr verrückt. Hinzu kam, dass es keine Wendemöglichkeit gab. Und in der Dunkelheit eine längere Strecke rückwärtszufahren, war ein zusätzliches Risiko. Bei einer solchen Aktion verlor sie garantiert Zeit, riskierte gleichzeitig, den Wagen im Rückwärtsgang in einem Graben festzufahren. Möglicherweise landete sie schließlich auch noch statt auf einer gut ausgebauten Straße auf einem Trampelpfad, der sie querfeldein führte, steil bergauf und genauso steil bergab im Wechsel.

So gab sie sich einen Ruck. Laut der App hatte sie genau 4,8 Kilometer vor sich. Solch eine Entfernung war in mittlerem Lauftempo in einer Stunde zu bewältigen. Annegret zog die Kapuze über ihre Haare, stopfte die Locken, die sich immer mehr kräuselten, darunter. Dann nahm sie Handy, Handtasche und die Taschenlampe aus dem Handschuhfach und machte sich zu Fuß weiter auf den Weg.

Nach weniger als zwanzig Metern, auf der anderen Seite des Baumes angekommen, hatte ihre Jacke die ersten Risse von den spitzen, dünnen Ästen und den Brombeerhecken, an denen sie sich vorbeizwängen musste. Der Regen verstärkte sich. Beim Kauf der Jacke hatte sie extra darauf geachtet, dass sie wasserdicht war. So ignorierte sie den Wind und den Regen und lief weiter. Das Licht der Taschenlampe wirkte zwischen den Bäumen im Nebel wie ein tanzendes Irrlicht, das im Nirgendwo landete. Es war ihr eine so geringe Hilfe, dass sie sich streckenweise darauf verlassen musste, was sie unter ihren Fußsohlen spürte. War sie auf dem Weg, waren es Steine, deren Form und Unebenheit durch die Sohle drückten. Kam sie vom Weg ab, fühlte sie an beiden Seiten glitschiges Gras unter sich oder die rutschigen kleinen Hügel aufgewühlter Erde. Jedes Mal, wenn das passierte, musste sie aufpassen, das Gleichgewicht nicht zu verlieren.

In dem Bachtal, das sie durchquerte, war der Nebel noch dichter. Wie von Watte umgeben taumelte sie voran. Sie schaltete die Taschenlampe aus, woraufhin die Sicht besser wurde. Ob das diffuse Licht, das sich um sie herum befand, vom Mond oder von einem Haus oder einer Lampe in der Nähe kam, konnte sie nicht feststellen, doch richtig dunkel wurde es nicht. Die Schemen der Bäume zeichneten sich deutlich ab, ohne Taschenlampe besser als mit. Nun kam sie zügiger voran. Zwar drang langsam Regen durch die Risse in der Jacke ein, aber auch das war egal. Hauptsache, sie konnte sich orientieren.

Das Brennen in ihrer Lunge zwang sie zum Anhalten. Annegret sah auf ihr Handy, kontrollierte ihre Position und die Uhr. Auch ein Schütteln des Geräts und ein Neustart der App brachten keine andere Anzeige der zurückgelegten Wegstrecke. Sie war schon über eine Stunde unterwegs und hatte sich nicht einmal drei Kilometer fortbewegt? Annegret fluchte. Der Nebel, die Dunkelheit und die Höhenunterschiede, dieses dauernde Auf und Ab waren in der Kombination mehr als frustrierend. Umzukehren war keine Alternative, denn nun war der Weg zurück genauso lang wie der Weg voran. Noch einmal studierte sie die Karte. Die gerade Linie auf dem Display, die möglicherweise eine gut ausgebaute Straße darstellte, lag nun rund fünfhundert Meter westlich von ihr. Da sie nicht mehr mit dem Wagen unterwegs war, bedeutete das auf jeden Fall eine

Zeitersparnis, auch wenn es sich nur um einen Trampel-pfad handelte. Annegret atmete tief durch, wartete, bis sich ihr Puls etwas beruhigt hatte, dann bog sie links ab, ging quer zwischen den Bäumen hindurch, kämpfte sich durch Gestrüpp, überquerte Gräben, durchschritt hohes Gras, watete über von Wildschweinen aufgewühlte Erde, die Kuhlen mit Wasser gefüllt. Es war ein seltsames Gefühl, als würde sie um Jahrhunderte zurückgeworfen. Als würde es die Zivilisation und all die Errungenschaf-ten gar nicht mehr geben. Sie fragte sich, wie viele Men-schen sich über all die Jahrhunderte unter Mühen vor ihr diesen Weg entlang über die Ausläufer der Taunus-höhen gekämpft hatten, als es noch keine Autos, keine Züge und erst recht keine Autobahnen gegeben hatte.

Dass sie durch den Regen und ihr Schwitzen immer nasser wurde, war nicht so schlimm wie befürchtet, denn sie fror nicht. Sie musste nur in Bewegung bleiben.

In einiger Entfernung tauchten die Scheinwerfer eines Wagens auf. Annegret rief, sie schrie, bis sie heiser wurde, aber das Auto fuhr unbeirrt mit gleichmäßigem Tempo weiter. Sie schob ihre Enttäuschung beiseite, hatte ihr doch das Fahrzeug bewiesen, dass ihre Rich-tung stimmte.

Nach ein paar Metern blieb sie verdutzt stehen, konnte kaum glauben, was sie vor sich hatte: eine asphaltierte Straße. Ein völlig glatter, neuer Bodenbelag, breit genug, um Busse und Lastwagen zum Kloster zu fahren. Dieser sauber angelegte Asphalt wirkte irreal in dem Wald, der ihr zwischendurch immer wieder undurchdringlich erschienen war, dabei wie ein lebendes Wesen, das die Zeit und den Fortschritt verschlang. Annegret wischte sich den Schweiß von der Stirn, packte ihr Handy in die Hosentasche und ging zügig weiter voran, dieselbe Strecke, die kurz zuvor der Wagen genommen hatte.

# Kapitel 16

***

K ate! Was ist passiert? Kate! Kate! Sag doch was!«
Riccarda leuchtete abwärts. Von Kate keine
Spur. Nichts als Lehm und Erde war zu
erkennen. Die Wände lagen so dicht beieinander und
die Decke war so niedrig, dass es kein richtiger Gang
war, sondern eher ein Stollen, für einen Erwachsenen
kaum passierbar, eher für ein drei- bis fünfjähriges Kind
geeignet.

»Kate!« Riccarda setzte sich auf die Kante, schob ihre
Beine abwärts.

»Das kannst du dir sparen.« Kate hustete. »Kannst
oben bleiben. Hier geht es nicht weiter. Alles verschüttet. Ich komme zurück. Das bringt hier nichts. Gar
nichts.«

»Wenn wir jetzt aufgeben, sind wir verloren«, sagte
Riccarda. Sie ließ Kate heraussteigen, dann quetschte sie
sich selbst in das Loch, kam aber nicht einmal zehn
Meter voran, dann war kein weiteres Durchkommen.
Bei ihrem Versuch, die Erde vor sich wegzuscharren,
löste sich Gestein von der Decke. Staub setzte sich in

ihrer Nase und in ihrem Mund fest. Hustend kroch sie rückwärts, schob sich in den Keller zurück. Es stimmte, was Kate gesagt hatte, der Gang war verschüttet, aber trotzdem – alles in ihr wehrte sich, das zu begreifen.

»Wir sind längst verloren.« Kate lachte.

»Hör auf! Denk so was nicht mal! Wir schaffen das.«

»Ach, und wie?«

Spott klang aus Kates Stimme, gemischt mit Verachtung. Es war Riccarda gleichgültig, dass der Lehmboden feucht und voller Pfützen war, dass sie in Matsch griff und Wasser von ihrer Hose tropfte. Wieder war es, als würde sie Jahre zurückversetzt, hinein in eins der Seminare vom PFAD INS LICHT. Am Ende hatte sie die Seminarleiter abwechselnd belächelt und verachtet, genau wie alle, die daran teilnahmen. Die Vortragenden glaubten, es reichte, Sprüche zu skandieren,und das Leben würde sich ändern. Wie sie es hasste! Trotzdem steckten diese sinnlosen Motivationssätze noch in ihr, auch wenn sie sich äußerlich längst befreit hatte, auch wenn sie unzählige Artikel und Berichte über die Organisation geschrieben hatte. Diese Glaubenssätze waren hartnäckig. Wir schaffen das. Und wie? Egal. Hauptsache schaffen. Wer nach dem Wie fragte, war schwach und zweifelte, hatte den Glauben verloren, war voller negativer Energie, die nur negative Konsequenzen nach sich ziehen konnte. Die Sprüche quollen aus ihr heraus wie Asche aus einem Vulkan.

»Dann erzähl mal, wie wir hier rauskommen sollen.« Kate stieß mit einem Kopfschütteln Luft zwischen den Zähnen hindurch.

»Ich weiß nicht«, sagte Riccarda. Gemeinsam sahen sie nach unten, dorthin, wo es nicht weiterging.

»Okay. Wir graben.« Kate zeigte an die Wand. »Das Brett ist unsere Schaufel.«

»Da passt doch nur eine von uns rein. Wie soll ein einzelner Mensch das schaffen?« Sie schwieg, weil sie nicht aussprechen wollte, was naheliegend war: Wenn der Gang an einer Stelle eingestürzt war, konnte es auch noch weitere Erdeinbrüche geben. Möglicherweise ging es überhaupt nicht weiter und der gesamte Gang war zu. Auch barg das Graben die Gefahr, dass die Decke noch instabiler wurde. Sie bräuchten wenigstens eine richtige Schaufel und Bretter, um den geschaffenen Durchgang auch zu ihrem eigenen Schutz rundherum abzusichern. Was, wenn sie am Schluss beim Ausheben lebendig begraben würden?

»Abwechselnd. Ich fange an«, entschied Kate. »Du kümmerst dich erst mal um die Verletzten.«

Riccarda gab sich einen Ruck. Sie sah Kate an, dass die sich von ihrem Entschluss, einen Durchgang zu schaffen, niemals abbringen lassen würde.

»Nein, lass mich graben.« Riccarda nahm ihr das Brett aus der Hand. »Ich habe mehr Kraft, du solltest dich mit deinem Streifschuss schonen. Mein umgeknickter Fuß ist jetzt egal.«

Kate nickte. Sie ging auf die Knie, um durch die kleine Öffnung zu den anderen zurückzukehren.

Anfangs ging es leichter als erwartet. Auch wenn der Boden lehmig und hart war, bestand die Verschüttung aus loser, aufgelockerter Erde. Der Einbruch des Tunnels konnte noch nicht so alt sein. Portion für Portion schaffte Riccarda das Erdmaterial vom Gang in den Keller. Die Seiten trat sie mit den Fußsohlen fest. Bald merkte sie, wie ihre Finger und Hände schmerzten.

Sie grub weiter, wollte Kate nicht holen. Dann spürte sie, wie Feuchtigkeit am Brett entlangrann. Sie ging näher an Kates Handy, das sie auf einem Vorsprung abgestellt hatte. Das Licht leuchtete auf ihre Hände, die voller offener Blasen waren. Mit Blick auf die Verletzungen wurden die Schmerzen intensiver, bis die Wunden ein einziges Pulsieren waren. Sie stöhnte auf.

»Alles okay?«, kam es von oben.

»Nur eine kurze Pause«, sagte Riccarda.

»Ich mache weiter. Komm du raus.«

Riccarda widersprach nicht. Sie wusste nicht, wie lange sie gegraben hatte. Eine halbe Stunde? Eine Stunde? Zwei? Nie zuvor hatte sie sich so erschöpft gefühlt, nicht nur durch die körperliche Arbeit, sondern auch durch die Resignation, die von ihr Besitz nahm. Ihre Hände bluteten. Im Keller befand sich zwar ein Haufen Erde, doch der Gang war noch genauso verschlossen wie vorher. Niemand garantierte, dass der Einsturz nicht den gesamten restlichen Tunnel betraf.

»Es ist die Strafe. Meine Strafe.« Riccarda musste husten. Staub klebte zwischen ihren Zähnen, am Gaumen, an der Zunge, in der Nase, auf den Lippen. Möglicherweise stimmte es: Wer sich von der Organisation abwandte, den bestrafte das Leben, der rannte sehenden Auges in sein Verderben.

»Was redest du für einen Quatsch?«

Riccarda wischte sich die Hände an der Hose ab. »Du hast recht, ich rede Quatsch.«

»Und jetzt raus. Ich mache weiter.«

Riccarda kontrollierte im Nebenraum, wie es den Verletzten ging. Paul und die drei Mönche lebten noch, waren aber alle nicht ansprechbar. Sie mussten trinken. Sie mussten versorgt werden, mit Schmerzmitteln und sterilen Verbänden, möglicherweise war es auch nötig zu operieren. Doch es gab nichts, was Riccarda selbst noch für sie tun konnte.

Schrittgeräusche ließen sie innehalten. Dann hörte Riccarda Stimmen. Ihr Herz raste. Ihre Beine zitterten so stark, dass sie sich anlehnen musste.

Sie kamen zurück!

Hektisch sah sich Riccarda um, dann wandte sie sich durch die kleine Tür in den Nebenflur, schob die Tür hinter sich zu. Doch es war unmöglich, die Holztür wieder vollständig zu verschließen, weil es auch auf dieser Seite der Tür keinen Griff gab. So blieb zwangsläufig eine fingerbreite Lücke bestehen.

»Sie kommen«, flüsterte sie Kate zu, wiederholte es lauter, als Kate nicht mit dem Graben aufhörte. Die Geräusche des Brettes, das immer wieder auf die Erde schlug, wurden vom Hall verstärkt, der das Hämmern zwischen den Wänden hin und her warf.

Riccarda kam sich vor wie die Mäuse, die sie als Kind vor der Nachbarskatze gerettet hatte. Auch wenn die Katze weg war, die Mäuse äußerlich unverletzt, waren sie einfach gestorben, allesamt, weil ihr Herz vor Panik und Stress aufgehört hatte zu schlagen. Mit einem Poltern wurde die Tür zu den Verletzten aufgestoßen. Die Schritte hallten laut wie Hammerschläge.

Riccarda sprang in die Tiefe, packte Kates Sweatshirt, ruckelte daran. »Hör auf. Sie hören uns!«

Kate hielt kurz inne, hob dann das Brett, um weiterzugraben.

»Hör auf! Bitte! In Gottes Namen! Bitte! Sei still.«

Kate grub wie ein Roboter, zwar leiser, aber immer weiter. Wie eine Maschine, die auf eine bestimmte Bewegung programmiert worden war. Sie sah sich nicht um, sagte nichts, reagierte nicht in anderer Weise. Das Brett schlug auf die Erde, warf einen Erdhaufen nach dem anderen auf Riccardas Füße.

Dann gab es einen Rutsch vor ihnen. Die Erde floss wie Wasser nicht in ihre Richtung, sondern in die andere. Das Loch, das sich auftat, war eng. Kate drückte sich mit dem Kopf voran durch. Von der anderen Seite aus leuchtete Kate Riccarda direkt ins Gesicht.

»Komm. Los!«, sagte Kate.

Riccarda schob ihren Kopf durch, doch schon an den Schultern blieb sie hängen. An der Hüfte wurde ihr Körper noch breiter. Sie war schlank, aber längst nicht so dünn wie Kate.

»Ich habe keine Chance.« Riccarda schluchzte. Sie war so nah dran. Und doch so weit entfernt. »Lauf! Los, lauf!«

Kate tat, was Riccarda sagte.

Riccarda zog ihren Kopf wieder aus der Öffnung. Sie kauerte sich zusammen, dachte an einen Embryo im Mutterleib. Die Erde und die Dunkelheit verbargen sie jetzt und vielleicht auch bald für immer.

# Kapitel 17

E in Knacken links von ihr ließ sie innehalten. Es knackte ein zweites Mal, noch lauter, noch näher. Annegret schaltete die Taschenlampe aus und ging rückwärts von der Straße auf die Bäume zu, verbarg sich dahinter und lauschte. Dann klang es wie Naseputzen. Äste brachen. Steine knirschten. Etwas brummte. Es raschelte. Ein Quieken ließ sie zusammenzucken. Das Knacken wurde lauter, es war, als würde ein Dröhnen den Wald erzittern lassen. Das, was dann zu hören war, wirkte wie aus einer anderen Welt. Es war ein Schreien, ein Klagen, ein Brummen, ein Quieken, ein Grunzen. Unzählige Kolosse von Wildschweinen preschten so nah an Annegret vorbei, dass sie den würzigen Geruch von aufgewirbeltem feuchtem Laub roch, gemischt mit einer strengen Duftnote, von der sie wusste, dass sie sie nie mehr vergessen würde, diese Mischung aus Pilzduft, Würzbrühe, Moos und nassem Hund. Die Sauen waren so nah, dass Annegret sie mit ausgestrecktem Arm hätte berühren können. Nur der Baum vor ihr bewahrte sie davor, umgerannt zu werden.

Auch als alles wieder still war, wartete sie noch eine Weile, ob das Schwarzwild eventuell umdrehte und zurückkam. Doch die Rotte blieb verschwunden. Nur das gleichmäßige Tröpfeln des Regens, das Rascheln der Blätter und der Äste über ihr und das leise Knacken des Kleingetiers um sie herum waren noch vorhanden. Ein Zucken lief durch ihren Körper, als sich ihre Angst löste.

Nun hörte Annegret noch genauer als vorher auf jede Veränderung der Geräusche, um nicht noch einmal so überrascht zu werden.

Zuerst dachte sie, sie würde fantasieren. Nun klang es wie eine Mischung aus Stöhnen, Seufzen und Hecheln, ein verwundetes Wesen, wie aus einem Traum entsprungen, irgendwo angesiedelt zwischen Mensch und Tier. Wieder schaltete Annegret die Lampe aus und verbarg sich hinter dichtem Buschwerk. Es dauerte nicht lange und sie sah etwas Dunkles die Straße heruntertaumeln, was eindeutig ein Mensch war, lang, dünn, gebeugt. Annegret lugte zwischen den Ästen hervor und betrachtete die Gestalt gegen den Nachthimmel, die dürren Arme und Beine, die zerfetzte Jacke, die zerzausten Haare. Sie hinkte, kämpfte sich Schritt für Schritt voran.

»Hallo?«, rief Annegret, ohne ihre Deckung aufzugeben.

Die dunkle Gestalt blieb stehen, befand sich nun auf einer Schneise, auf der die Bäume das Mondlicht hindurchließen. So konnte Annegret die langen, dunkelbrauen oder schwarzen Haare erkennen, auch dass der Körper zu einer jungen Frau gehörte, ungefähr so alt wie Riccarda. Auch wenn die Kleidung sie weit wie eine Decke umhüllte, waren die weiblichen Formen unverkennbar. Die Haut schimmerte gespenstisch weiß. Annegret dachte an Schneewittchen, gerade wiederauferstanden, zerrupft, abgekämpft.

Annegret gab sich einen Ruck und trat neben dem Gebüsch auf den Weg. Längst bevor sie die befestigte Strecke erreicht hatte, gab sie sich zu erkennen. Unter ihren Füßen knackten Stöcke, knisterte Laub. Mit ihrem Körper schrammte sie laut zwischen dem Astwerk hindurch.

»Ich bin Annegret Wiesel«, sagte sie, um Vertrauen zu schaffen, und dachte im gleichen Moment, wie albern das war, denn Namen ließen sich in Sekundenbruchteilen erfinden. »Ich bin auf dem Weg zum Johanneskloster.«

Die junge Frau ging ein paar Schritte zurück. »Sie sind auch eine von denen!« Hektisch sah sie von rechts nach links, als hielte sie Ausschau nach einem Fluchtweg.

»Von wem? Wen meinen Sie?«

»Kommen Sie nicht näher!«

»Ich suche meine Tochter. Riccarda. Sie wollte auch zum Kloster. Hier auf dem Handy habe ich ein Bild von ihr, es ist zwar alt, aber sie hat sich nicht viel verändert. Groß. Schlank. Braune Haare, ungefähr schulterlang.

Grüne Augen. Hier.« Annegret holte ihr Smartphone hervor und suchte das Bild von Riccarda heraus, auf dem sie in Marokko vor dem Hintergrund des Strandes die Arme ausbreitete wie Kate Winslet im Film Titanic.

Die junge Frau kam näher, erst langsam, vorsichtig und zögernd, dann schneller. Sie betrachtete das Bild. Tränen liefen über ihr Gesicht. Nun konnte Annegret die Fremde genauer betrachten. Die Foto-App strahlte genügend Licht ab, um die frische Verletzung oberhalb der Wange zu erkennen, die noch blutete. Blaue Flecken am Hals, aufgeschürfte Handinnenflächen, dünne rot-lila Druckstellen an den Handgelenken – Annegret senkte den Blick. Die Hose war zerrissen, in der offenen Wunde am Knie steckten Schottersteine. Sie nickte.

»Gehen Sie da nicht rein.« Die Stimme der jungen Frau bebte. Sie sprach so leise, dass Annegret genau hinhören musste, damit die Worte nicht zwischen dem Pfeifen des Windes und den übrigen Geräuschen des Waldes untergingen. »Kehren Sie um. Wir müssen zur Polizei. Nur die kann helfen. Alles andere ist Selbstmord.«

»Ich würde ja anrufen, aber hier ist kein Empfang.«

»Nicht weitergehen! Riccarda ist da. Aber wir können sie nicht retten. Wir müssen weg. Unterstützung holen.«

Annegret schob das Handy in die Jackentasche, weil ihre Finger so sehr zitterten, dass sie Angst hatte, das Gerät würde ihr aus den Händen gleiten.

»Was ist mit Riccarda?«, fragte Annegret. »Geht es ihr gut?«

Die junge Frau schüttelte den Kopf. »Sie lebt noch. Jedenfalls hat sie noch gelebt, als ich weg bin. Das war vor vielleicht einer Stunde. Oder einer halben. Nicht lang.«

»Und jetzt? Was ist mit ihr?«

»Keine Ahnung, was die mit ihr gemacht haben.«

»Wer sind ›die‹? Was geht da vor sich?«

»Sie wollten alle abknallen, auch mich. Aber ich lebe. Und die anderen sind vielleicht schon alle tot.«

»Nein.« Annegret versuchte zu begreifen, was sie hörte. Riccarda war in Gefahr. Sie befand sich im Kloster. »Okay, hören Sie zu. Der nächste Ort ist nicht weit, wenn Sie hier auf diesem Weg bleiben. Er führt immer geradeaus. In einer Stunde sind Sie unten angekommen. Sie holen Hilfe. Und ich gehe zum Kloster.« Sie wollte nicht darüber nachdenken, ob und welche Gefahr dort lauerte. Riccarda brauchte sie. Das war alles, was zählte. Nicht noch einmal würde sie ihre Tochter alleinlassen.

»Tun Sie das nicht«, sagte die junge Frau.

»Sie holen Hilfe«, wiederholte Annegret und ging an der Unbekannten vorbei weiter bergauf. Dann drehte sie sich noch einmal um. »Und beeilen Sie sich!«

Als die junge Frau in der Dunkelheit verschwunden war, stutzte Annegret. Irgendwo hatte sie dieses Gesicht schon einmal gesehen. Besonders das Schneewittchenartige an ihr erinnerte sie an irgendjemanden, sie wusste nur nicht, an wen. Annegret holte ihr Handy hervor. Der eine Empfangsbalken verschwand genauso schnell, wie er aufgetaucht war. Sie stieg auf einen Holzstapel, hielt das Gerät in die Höhe, dann war der Balken wieder sichtbar, aber nur solange sie den Arm weit nach oben streckte. Annegret fluchte, aber dann kam ihr eine Idee: Sie aktivierte die Freisprecheinrichtung, gab Steffens Nummer ein, aber drückte die grüne Wahltaste erst, als sich das Handy mit ausgestrecktem Arm so weit wie möglich über ihr befand. Sie konnte hören, wie sich die Verbindung aufbaute. Dann erklang seine Stimme, weich und warm, wie aus einer anderen Welt.

»Noack.«

»Steffen! Ich bin es, Annegret. Es ist etwas passiert. Ich bin unterwegs ins Johanneskloster.«

»Annegret? Bist du noch da?«

»Ja, unterwegs ins Johanneskloster, da ist Riccarda, ganz sicher!«

»Annegret! Annegret.«

»Steffen? Hörst du mich?«

Die Verbindung brach vollständig ab. In dem Moment begriff sie, wo sie das Gesicht der jungen Frau schon einmal gesehen hatte: auf dem Porträtfoto, das auf Steffens Schreibtisch im Polizeirevier stand. Es war Katharina – älter, größer, ernster vom Gesichtsausdruck, mit längeren Haaren, aber es war Katharina gewesen! Steffens Tochter!

Annegret versuchte immer wieder, Steffen zu erreichen. Entweder war besetzt oder wenn sie durchkam, merkte sie schon nach wenigen Sätzen, dass Steffen sie nicht verstehen konnte. Eine Nachricht, überlegte sie, die würde ihn möglicherweise besser erreichen als ein Anruf.

Riccarda lebt. Sie ist im Johanneskloster, ich bin auf dem Weg dorthin. KATHARINA kam von dort. Sie erzählte von einer Schießerei und Toten.

Sie drückte auf den Sendeknopf, schloss für einen Moment die Augen, bis ein rotes Ausrufezeichen aufploppte: Die Nachricht konnte nicht gesendet werden. Annegret versuchte es noch drei Mal ohne Erfolg, dann steckte sie ihr Handy in die Hosentasche und setzte mit einem Schulterzucken ihren Weg fort. Alles, was sie hatte tun können, um Steffen zu erreichen, hatte sie getan. Nun blieben nur noch zwei Optionen: umzukehren oder weiter zum Kloster zu gehen. Annegret entschied sich für Letzteres.

Sie ging so schnell voran, wie sie nur konnte. Auch als ihre Lunge brannte, verringerte sie ihr Tempo nicht, um bloß nicht darüber nachzudenken, was es mit der Schießerei auf sich hatte und ob Riccarda überhaupt noch lebte.

Die Geräusche des Waldes wurden weniger, je näher sie dem Gebäude kam, das hoch auf der Anhöhe wie eine Festung thronte. Schwarz und uneinnehmbar ruhte es zwischen den Bäumen, doch weil es von einer hohen

Mauer umgeben war und kein Licht nach außen drang, wirkte es furchteinflößend und unheimlich. Erst als sie es zu einem Viertel umrundet hatte, konnte Annegret einen Lichtschein erkennen. Dann entdeckte sie das Eingangstor, genauso massiv und uneinnehmbar wie das gesamte Gemäuer. Sie tastete nach den Eisenbeschlägen. Auf der Anhöhe war es so kalt, der Wind wehte so kräftig, dass es schmerzte, das Eisen länger zu berühren. Sie umklammerte einen Griff und zog daran. Nichts bewegte sich. Annegret überlegte zu rufen, verwarf den Gedanken dann direkt wieder. Sie musste versuchen, sich zu nähern, ohne Aufmerksamkeit auf sich zu ziehen. Also lief sie weiter die Mauer entlang.

Dann ging alles so schnell, dass es ihr schien, als würde alles gleichzeitig passieren: ein Knacken direkt hinter ihr, der Schlag in ihren Rücken und auf den Kopf, ihr Zusammensacken, die dumpfen Stimmen um sie herum.

Annegret zwang sich, trotz des Schmerzes bei Bewusstsein zu bleiben. Sie taumelte in einem Stadium zwischen Ohnmacht und Wachsein. So angenehm war die Vorstellung, sich einfach fallen zu lassen, hineinzusinken in die dunkle Watte, die sie umhüllte und mit sich zu ziehen drohte. Ihr Kopf dröhnte, als befände er sich mitten in einer großen Kirchenglocke, die gerade geläutet wurde. Oder als wäre ihr Kopf selbst das Pendel, das immer wieder an der Glocke von Seite zu Seite geschlagen wurde.

Sie wollte schreien, sich bemerkbar machen, irgendetwas sagen, doch ihre Zunge klebte dick und unbeweglich am Gaumen. Ihre Arme widersetzten sich ihrem Befehl, sich zu wehren. Die Beine waren nicht mehr als sinnlose Anhängsel. Sie wurde gepackt und weggeschleift. Bei jeder Bodenunebenheit pendelte ihr Kopf zur Seite, was die Kopfschmerzen so verstärkte, dass sie Angst hatte, sich übergeben zu müssen und am Erbrochenen zu ersticken. Annegret stöhnte. Wie durch einen Nebel registrierte sie, dass sie sich bald innerhalb des Gebäudes befand, dann eine Treppe hinuntergetragen wurde, in einen Keller hinein. Mit einem Poltern wurde ihr Körper auf den Boden geschmissen. Die Kraft des Aufschlags presste mit solcher Wucht alle Luft aus ihren Lungen, dass sie nicht schreien konnte. Hinter ihr wurde eine Tür zugeworfen und verriegelt.

Das laute Einrasten von Metall auf Metall wummerte in ihrem Kopf nach. Dann wurde es um sie herum und in ihr vollständig dunkel.

»Mama?«

Annegret war hellwach. Diese Stimme würde sie niemals vergessen. Sie erkannte sie sofort. Annegret wollte Riccardas Namen sagen, aber aus ihrem Mund kam nur ein undefinierbares Stöhnen.

»Mama! Was machst du hier? Wie kommst du hierher?«

»Nils. Dein Freund. Ich war bei ihm. Der Schlüssel vom Bahnhofschließfach. Dein Tagebuch. Plötzlich habe ich alles begriffen. Ich wollte zu dir.«

»Was ist mit Sofie? Ist sie …«, fragte Riccarda.

»Sofie …« Wieder breitete sich Schwärze um Annegret aus. Vergeblich versuchte sie, sich daran zu erinnern, was sie gerade gesagt hatte. »Wo war …«

»Ich bin da. Ich bin ja da. Es tut mir so leid, so sehr. Du hättest nicht kommen sollen.«

Neben sich registrierte Annegret weitere Stimmen, eine Mischung aus Wehklagen, Wimmern und Flüstern. Das Hämmern in ihrem Kopf wurde langsam weniger, ihr Blick klarte sich auf. Die Erinnerung an das, was geschehen war, kam nach und nach zurück. Der Schlag auf den Kopf. Ihre Suche nach einem Eingang in das Kloster. Ihre vergeblichen Versuche, Steffen zu erreichen.

»Mir ist auf dem Weg hierher eine junge Frau begegnet. Dunkle, lange Haare. Dünn. Viel zu weite Kleidung«, sagte Annegret. Hektisch sah sie sich um. Sie waren gefangen und der Blick auf die Toten und Verletzten zeigte ihr, dass ihre Lage katastrophal war.

»Kate hat es geschafft! Ich habe nicht wirklich dran geglaubt. Wenn es bei ihr geklappt hat …«

»Sie war hier bei euch im Keller?«

»Nebenan gibt es einen Zugang zu einem Tunnel, der in einer Kapelle in den Weinbergen endet, aber …«

»Aber?« Annegret schüttelte den Kopf. »Warum bist du nicht mit ihr gegangen? Warum bist du noch hier?«

»Der Zugang war zu eng. Ich wollte ihn erweitern. Dann gab es einen Rutsch und es dauerte nur ein paar Sekunden, dann war alles zu.«

»Katharina holt Hilfe! Wir kommen hier raus!« Annegret versuchte, ihre eigene Angst beiseitezuschieben. Es war ungewiss, ob die Polizei früh genug da sein würde. »Wir dürfen nur nicht durchdrehen. Müssen unsere Panik im Griff behalten. Die Hoffnung ist das Wichtigste.«

Riccarda stieß geräuschvoll die Luft aus. »Wir dürfen nicht. Aha. Müssen. Soso. Die Hoffnung ist das Wichtigste.« Sie ballte die Fäuste. »Dass du jetzt auch noch mit so einem Mist anfängst!«

»Was ist denn daran so falsch?«

»Wenn ich das höre! Ich könnte kotzen. Merkst du nicht, dass das alles nur Phrasen sind? Was meinst du, wie oft ich genau diesen Mist gehört habe?«

»Tut mir leid.« Annegret sah weg von Riccarda zur Wand, wo die Steine mit Moos überzogen waren. »Ich habe es nur gut gemeint.«

»Gut gemeint«, wiederholte Riccarda. Spott klang aus ihrer Stimme.

Mehr als die Spannungen zwischen ihrer Tochter und ihr schmerzte Annegret die Erkenntnis, wie weit sie beide sich voneinander entfernt hatten. Das freudige, wenn auch anfangs vielleicht unsichere Wiedersehen, die Versöhnung, den gemeinsamen Neuanfang – all das, wovon sie jahrelang geträumt hatte, würde es wohl niemals geben. Sie wusste nicht, was genau Riccarda so aufregte. Sie schwieg, weil sie das Gefühl hatte, dass alles, was sie jetzt noch erwiderte, nur falsch sein konnte. Es war etwas, dass sie nur zu gut kannte. Annegret dachte an die Reise nach Marokko, die Fehlgeburt, die Zeit, die Riccarda im Krankenhaus verbracht hat. Doch die Nähe zwischen ihnen war schon viel eher zerbrochen.

»Wann haben wir das letzte Mal offen miteinander geredet?«, fragte Annegret. Sie schaffte es noch immer nicht, Riccarda anzusehen. »Wann hast du mir wirklich gesagt, wie es dir geht? Was dich beschäftigt?«

»Wann hast du mir wirklich gesagt, wie es dir geht, was dich beschäftigt?« Riccardas Stimme klang hallig und dumpf, was nicht allein dem Gewölbe über ihnen geschuldet war. Es war, als wäre irgendetwas in Riccarda gestorben.

»Ich bin deine Mutter. Ich wollte dich nicht mit meinen Problemen belasten.«

»Dito. Belasten, genau, das wollte ich dich auch nicht. Da haben wir wohl mal was gemeinsam.«

»Du bist verbittert«, sagte Annegret.

»Bin ich. Und du wohl auch.«

Nun sah Annegret Riccarda direkt an. Wenn sie sich beide weiter in Rage redeten, wenn sie diese Diskussion genauso weiterführten, wie sie unzählige Auseinandersetzungen dieser Art bereits geführt hatten – Annegret ertrug die Vorstellung nicht. Dann wären sie wieder an genau dem Punkt angekommen, an dem sie vor sieben

Jahren auseinandergegangen waren. Auch wenn sie noch immer reagierte wie damals, wenn Riccarda begann zu provozieren, wenn sie dieselbe Wut und Hilflosigkeit spürte, merkte Annegret auch, dass sich die Dinge geändert hatten. Sie brauchte keine Fassade mehr aufrechtzuerhalten. Es war ihr gleichgültig, wie sie gegenüber Freunden und Bekannten dastand, hatten sie sich doch inzwischen alle zurückgezogen, weil sie die Trauer um Riccarda nicht ertragen hatten und Annegret sich geweigert hatte, es »einfach gut sein zu lassen und neu anzufangen«, wie ihr immer wieder geraten worden war. Sie brauchte überhaupt keinen Schein mehr aufrechtzuerhalten.

»Früher war ich verbittert, ja.« Annegret atmete tief durch, bevor sie weitersprach. »Ich war verbittert wegen der Scheidung, dachte, wenn Dieter nur zu mir zurückkäme und seine Geliebte in den Wind schießen würde, wäre meine Welt wieder in Ordnung. Dass er eine andere hatte, fand ich einfach nur ungerecht, es fühlte sich an wie ein Vertrauensbruch, mit dem er mich kränken wollte. Ich war auch wütend. Und so verdammt hilflos. Wenn ich nur daran dachte, wie er – lassen wir das.«

»Nein. Sag es mir.«

»Wie er mit ihr …« – Annegret suchte nach einem Wort, mit dem sie das beschreiben konnte, was sie sich nicht einmal vorstellen wollte – »… intim wird. Wie er sie küsst. Ihr Komplimente macht. All das eben. Ich konnte nicht mehr in dem Supermarkt einkaufen, in dem ich mit ihm immer gewesen war. Bin unsere gewohnte Spaziergehrunde nicht mehr gegangen. Alles, was wir beide, Dieter und ich, zusammen gemacht hatten, wollte ich aus meinem Leben streichen. Ja, ich war verbittert, auch als du verschwunden bist. Da war nichts als Leere. Auch an deiner Schule bin ich lange nicht mehr vorbeigefahren, habe lieber einen Umweg genommen. Ich wollte einfach nur sterben. Monatelang. Aber es hat sich etwas geändert. Jetzt bin ich nicht mehr verbittert. Es war Steffen, der mich aus dieser Spirale herausgeholt hat. Der Polizist, der sich um die Vermisstenfälle kümmert – Steffen Noack. Anfangs hat er mir Hoffnung gegeben, dich zu finden. Dann haben wir zusammen einen Verein gegründet. ›Schattenkinder‹ heißt er. Wir geben den Familien von verschwundenen Kindern Hilfestellung. So bin ich auch in Kontakt zu vielen Kindern und Jugendlichen gekommen, habe angefangen, ihnen bei den Hausaufgaben zu helfen, später gegen Bezahlung Nachhilfe zu geben. Damit verdiene ich jetzt mein Geld, habe dafür meine Festanstellung an der Schule gekündigt. Sicher habe ich immer davon geträumt, wie es wäre, wenn du zurückkämst. Aber mein Leben, mein Alltag – es ist nicht mehr wie früher. Ich bereue nichts von dem, was ich in den letzten Jahren getan habe. Außer … doch, eins tut mir leid. Dass ich Steffen niemals gesagt habe, wie viel er mir bedeutet.«

Riccarda nickte. Sie schwieg lange. Dann fragte sie: »Du hast das Tagebuch ganz gelesen?«

»Und das Buchmanuskript auch.«

»Was ich in der Zeit gemacht habe, war bescheuert. Einfach nur dämlich. Mein Leben ist ein einziges Durcheinander. Da ist dieser Verlag mit Seminarangebot. Der PFAD INS LICHT. Durch Anja bin ich da reingerutscht. In Wahrheit ist es mehr eine Sekte, eine Mischung aus Spiritualität, Mystik, New Age und praktischer Lebenshilfe.« Riccarda erzählte weiter von dem Zusammenleben mit Anja, ihrem Sektenausstieg, wie sie Nils kennengelernt hatte, wie er von Anfang an alles für sie hatte tun wollen, sie aber Distanz gebraucht hatte, Zeit, um zu sich selbst zu finden. Annegret merkte, wie schwer es Riccarda fiel, darüber zu sprechen. »Nils hat mir geholfen, aus dem Verein auszusteigen, fand meine Idee immer gut, zu recherchieren und an einem Enthüllungsbuch zu schreiben. Tja, hätte ich das alles nicht gemacht, säßen wir jetzt nicht hier unten eingesperrt im Keller. Du bist bei Nils gewesen, hast du gesagt?«

Annegret nickte. »Nicht nur das. Er kam und wollte Sofie zu sich nehmen.«

»Wenn er schluckt, zuckt immer die Ader an seiner linken Schläfe mit. Als wäre da ein gefangener Fisch. Ist dir das aufgefallen?«

Annegret nickte wieder. Ja, das hatte sie auch bemerkt.

»Eigentlich ist er wunderbar. Eigentlich könnten wir beide mit Sofie so ein gutes Leben führen. Eigentlich ist er der Mann meiner Träume. Hört sich blöd an, stimmt aber.«

»Und uneigentlich?«

Riccarda drehte eine Haarsträhne um ihren Zeigefinger. »Er will alles. Gibt alles. Macht alles für mich. Da kann ich einfach nicht mithalten. Und jedes Mal, wenn wir zusammen sind, denke ich, er muss doch kapieren, wie ich wirklich bin, dass ich ihm in Wahrheit nie genügen kann.«

Annegret wusste, wie sehr Riccarda es früher immer gehasst hatte, berührt zu werden. Schon als Einjährige schrie sie »hunter«, wenn man sie auf den Schoß nahm. Riccarda wollte sofort wieder runter, mit beiden Füßen auf dem Boden stehen, selbst laufen, selbst entscheiden. Nie war Riccarda ein Kind gewesen, das kuscheln wollte. Sie war ungeheuer kitzelig gewesen, empfand Nähe oft als Last. Trotzdem nahm Annegret ihre Tochter jetzt in den Arm. Sie wartete darauf, dass Riccarda sich der Umarmung entwand, sich wegschob oder Annegret wegdrückte, aber nichts dergleichen passierte. Vielleicht lag es an der Situation. Oder an den Mauern, die sie umschlossen in ihrer Festigkeit und Unerbittlichkeit. Oder es lag an der Atemluft, die schwer war von der Feuchtigkeit der schwitzenden Körper, getränkt mit dem Geruch des Blutes. Annegret merkte, wie sich Riccardas Muskeln mehr und mehr entspannten, wie ihrer beider

Atem in einen Gleichklang geriet. Auch als Riccarda zu zittern begann, ließ Annegret nicht los, sondern streichelte ihr vorsichtig über den Rücken, bis das Zittern abebbte. Es war wunderschön und grauenhaft zugleich. Annegret weinte und war froh, dass in der Dunkelheit niemand ihr Gesicht sehen konnte. Warum musste erst all das Schreckliche passieren, warum mussten sie ihrer beider Leben völlig gegen die Wand fahren, um das Selbstverständlichste möglich zu machen? Dass sie als Mutter mit ihrer Tochter sprechen konnte und sie sich gegenseitig berühren und Halt geben konnten?

# Kapitel 18

Riccarda löste sich aus der Umarmung ihrer Mutter. Da war es wieder, das Knallen, das so dumpf und gleichzeitig so nah klang.

»Ein Gewitter?«, fragte sie.

Auch Annegret hielt inne, blickte in Richtung Tür.

»Schüsse!« Riccarda stand auf. Der Ursprung des Lärms war nicht zu auszumachen. Die Geräusche wurden zwischen den Kellerwänden und den verwinkelten Räumen unter der Erde wie in einer Gebirgsschlucht hin- und hergeworfen, sodass sie sich zu einem Grollen steigerten, das von allen Seiten zugleich kam, sie umhüllte, sie ins Zentrum rückte.

»Ist das ein gutes oder ein schlechtes Zeichen?« Nun stand auch Annegret auf. »Möglich, dass die Nachricht an Steffen doch noch gesendet wurde. Vielleicht kommt er mit Kollegen. Sie holen uns hier raus. Oder es sind … Ich will nicht sterben. Bringen sie uns jetzt alle um?«

Riccarda nahm die Hand ihrer Mutter. Wenn sie auf diese Frage nur eine Antwort wüsste! Was, wenn die Mörder zurückgekommen waren und nun das beendeten, was sie begonnen hatten? Wenn sie nicht nur sie, die Gefangenen, töteten, sondern auch die Schauspieltruppe und gerade die falschen Mönche erledigten? Doch sie behielt ihre Gedanken für sich – es half niemandem, sie auszusprechen. Sofort kam der Impuls in ihr hoch zu erklären, dass alles gut werden würde, dass sie sich keine Sorgen machen müssten, dass es nur darauf ankam, weiter positiv zu denken. Sie unterdrückte ihn. Viel zu lange hatte sie es hingenommen, Ängste und Zweifel mit ein paar allgemeinen Floskeln zuzukleistern, sodass ihr ihr Inneres manchmal wie ein schimmeliges Gebäude erschien, in dem diese Worte wie frische Farbe strahlten, die nur die dunklen Stellen überdeckte, während sich die Schwärze unter der Oberfläche nur noch schneller ausbreitete. War es nicht genau das, was ihre Mutter nach der Scheidung auch versucht hatte?

Ein weiterer Knall erschütterte den Boden. Kurz blitzte Helligkeit auf. Das Leuchten, das unter der Türritze hereindrang und nur Sekundenbruchteile dauerte, war so stark, dass der Keller kurz taghell wurde. Riccarda konnte für einen Augenblick das Gesicht ihrer Mutter sehen, umrahmt von braunen, grau gesträhnten Locken. Annegrets Augen waren so intensiv auf Riccarda gerichtet gewesen, dass es schien, als könnte ihre Mutter einen Blick in ihre Seele werfen. In diesem Moment waren sie nicht Mutter und Tochter. Annegret war nicht mehr die adrett gekleidete Frau von vor sieben Jahren mit der geglätteten, topfartigen Frisur, die auf alles eine Antwort hatte und nur auf eins bedacht war: sich einzufügen und nicht aufzufallen, keinen Ärger zu machen. Annegret war einfach Annegret, ihr Gesicht wie nackt. Riccarda fragte sich, was Annegret in ihr gesehen haben mochte.

»Wenn das hier unser Ende ist …«, sagte Riccarda.

»Denk nicht an so etwas.«

»Aber es kann passieren. Und dann sollst du eins wissen.« Riccardas Hände wurden noch kälter.

Das Lärmen nahm weiter zu, kam näher. Nun waren es keine Schüsse mehr, sondern Stiefel, die auf den Boden aufschlugen, schnell und kräftig. Die Luft um sie herum schien zum Flirren aufgeladen. Befehle wurden gebrüllt, doch auch sie kamen so verhallt an, dass nichts zu verstehen war.

»Du bist mir nicht egal«, sagte Riccarda. »Du bist mit Sofie der wichtigste Mensch für mich. Ich will, dass du das weißt.«

Dann flog die Tür auf, gleißende Helligkeit drang ein. Männer in Schwarz, vermummt und verhüllt, mit Stirnlampen, deren Schein wie Laser über Wände, Boden und Decke zuckte, stürmten den Raum. Es war ein Dröhnen, Poltern und Schreien. Riccarda konzentrierte sich auf ihren Körper, scannte ihn automatisch ununterbrochen ab, ob sie in all dem Lärmen von einer Kugel getroffen wurde, ob sie noch lebte. Hände griffen nach ihr. Sie wurde hochgezogen. Vergeblich versuchte sie, ihre Mutter im Blick zu behalten. Zwischen all den

Körpern und den Bewegungen war von Annegret nichts mehr zu sehen. Riccarda wollte ihre Beine kontrollieren, aber sie schleiften wie leblos über den Boden, während Hände unter ihren Achseln ihren Oberkörper so fest packten, dass es nicht möglich war, sich aus den Griffen zu entwinden. Wenn sie ihren Kopf hob, sah sie keine Gesichter, sondern nur Helme, Mundschutze und das Gleißen der Stirnlampen, bei dem sie nicht anders konnte, als die Augen zusammenzukneifen.

»Wir bringen Sie in Sicherheit«, sagte der Mann, der sie an der rechten Seite gepackt hatte. »Draußen warten Krankenwagen.«

# Kapitel 19

A nnegret schaute immer wieder auf ihr Handy, auf die Nachricht an Steffen, die kurz vor der Gefangennahme doch noch gesendet worden war. Was für ein Glück, was für ein verdammtes Glück hatten sie doch gehabt! Und dass sie nun alle gemeinsam mit Sofie bei ihr im Wohnzimmer zusammensaßen! Es kam Annegret noch immer wie in einem Traum vor. Draußen fielen die ersten Schneeflocken des Jahres, groß und dicht, bildeten auf der Terrasse eine weiße Schicht.

»Hast du mir bei meiner Nachricht übrigens geglaubt, dass es Katharina war, die ich gesehen habe?«, fragte Annegret. Seit ihrer Befreiung hatte sie versucht, das Geschehene mit all seinem Grauen zu vergessen, den Alltag wieder aufzunehmen, weiterzuleben, als wäre nichts passiert. Nun merkte sie, dass das nicht funktionierte. Alle aufgestauten Gedanken, alle bisher unausgesprochenen Worte füllten sie an, sodass sie das Gefühl hatte, innerlich zu beben.

»Alles, aber das nicht.« Steffen zupfte einen Fussel vom Pullover seiner Tochter, was Kate mit einem Naserümpfen quittierte.

Annegret wollte sich nicht ausmalen, was passiert wäre, wenn sie noch einen halben Tag länger hätten warten müssen, so lange, bis Kate nach all dem Herumirren in den Wäldern zwischen den Rheinhöhen endlich eine Ortschaft erreicht hatte. Die Tassen von Kate, Steffen und Riccarda waren schon wieder leer. Sie tranken allesamt, als wäre es der letzte Kaffee, den sie je in ihrem Leben zu trinken bekommen würden. Annegret sah von einem zum anderen. Zwei Elternteile – Steffen und Annegret –, zwei zurückgekehrte Töchter – Katharina und Riccarda – und dazu noch ein Säugling. Es war ein bunt zusammengewürfelter Haufen. Doch das Wort, das Annegret zuallererst einfiel, um sie alle zu beschreiben, war »Familie«. Etwas, was es in der Form für sie nie gegeben hatte. Die Wärme des Kaminfeuers umschloss sie wie ein Kokon, der alle Kälte und auch alle Streitereien der Vergangenheit von ihnen abhielt. Wenn sie an die Stunden im Klosterkeller dachte, kamen ihr im Kontrast dazu die Wärme des Wohnzimmers, das unbeschwerte Zusammensein und die weichen Sofas, Kissen und Polster irreal vor. Auch Sofie schien die allseitige Erleichterung zu spüren. Seit der Befreiung aus dem Keller schlief sie problemlos ein, wenn Annegret oder Riccarda sie ablegten, sie war nicht mehr nervös, sondern die Ruhe selbst.

»Du kannst von Glück reden, dass alles so glimpflich ausgegangen ist. Auch dass jetzt das Strafverfahren wegen Einbruchs gegen dich eingestellt worden ist – ohne Hauptverhandlung, gegen eine solch geringe Geldstrafe. Das ist besser als alles, was ich erwartet hatte«, sagte Steffen.

»Dass du wieder mit dem Einbruch bei Nils anfängst!« Sie hatte das Thema »Gerichtsverfahren« schon so weit verdrängt, dass sie an diesem Tag noch gar nicht daran gedacht hatte. Aber ja, es stimmte. Es war für sie gut gelaufen, mehr als gut. »Ich mach noch mal neuen Kaffee.« Annegret stand auf, um in die Küche zu gehen. Durch die Bewegung wachte Sofie auf. Annegret nahm sie aus der Wiege, reichte sie Riccarda. »Bin gleich wieder da. Den Plätzchenteller fülle ich auch noch mal auf.«

Von der Küche aus blickte sie ins Wohnzimmer. Im Kamin loderte warm und rot das Feuer aus Fichtenholz. Das Knistern war intensiv und die Flammen verströmten einen aromatischen Geruch bis in die Küche hinein. Jahrelang hatte sie den Kamin nicht mehr in Betrieb gehabt, seit Riccardas Verschwinden nicht, weil die Zentralheizung viel einfacher zu handhaben war und sie keine Lust gehabt hatte, sich auch noch um so etwas wie Holznachlegen zu kümmern. Jahrelang hatte sie keine Plätzchen gebacken, kein Weihnachten und keinen Geburtstag gefeiert, auf all das verzichtet, was auch nur im Entferntesten irgendwelche Sentimentalitäten bei ihr auslösen könnte. Sie fragte sich, was nur aus ihr geworden war.

Erst jetzt wurde ihr klar, wie sie immer nur darauf geachtet hatte, die Trauer und die Melancholie in sich kleinzuhalten, zu funktionieren. Wie viel Energie sie damit verloren hatte, wie angespannt die Muskeln in ihrem Körper über all die Jahre gewesen waren! So angespannt, dass sie weder richtig schlafen noch denken hatte können. Nun war nur noch ein Rest dieser Habachtstellung in ihrem Kiefer zu spüren. Annegret zwang sich, die Zahnreihen voneinander zu lösen, woraufhin sie gähnen musste. Die Müdigkeit war wie eine Nebenwirkung der Entspannung und Erleichterung. Sie war so erschöpft, dass sie befürchtete, mindestens drei Tage am Stück zu schlafen, wenn sie vergessen sollte, den Wecker zu stellen. Sie hörte dem Gurgeln und Zischen der Kaffeemaschine zu, bis die Kanne wieder gefüllt war, dann kehrte sie ins Wohnzimmer zurück.

»Was hat eigentlich der Neurologe gesagt?«, fragte Riccarda. Ihre Stirn legte sich in Falten. Sorgenvoll sah sie Annegret an.

Annegret zögerte. Es war ihr unangenehm, in Steffens Gegenwart über dieses Thema zu sprechen, hatte sie doch immer versucht, ihre Gedächtnisprobleme vor ihm zu verbergen.

»Bist du krank?«, fragte Steffen. Er nahm ihre Hand.

Annegret schüttelte den Kopf. »Nein. Alles ist in Ordnung. In den letzten Jahren konnte ich mir immer schlechter Namen merken, habe Termine verschwitzt, PIN-Nummern vergessen oder wusste nicht mehr, wo ich etwas abgelegt hatte, aber es ist nichts. Keine beginnende Demenz.« Annegret schloss kurz die Augen. Was für eine Erleichterung, dass sie nun Sicherheit hatte. »Die Ursache waren wohl die dauernde Schlaflosigkeit und der Stress. Aber lassen wir das.«

Sie wollte nicht zurückblicken, sondern nach vorn schauen. Zum ersten Mal in ihrem Leben hatte sie das Gefühl, angekommen zu sein. Nun war es so, genauso, wie sie es sich immer gewünscht hatte. Riccarda war da. Sie saßen alle zusammen, sie war umgeben von Menschen, die sie liebte und die ihre Zuneigung erwiderten. Doch wie auch ihr Körper die Restanspannung im Kiefer hielt, spürte sie noch immer die Melancholie und das Zweifeln in sich. Gerade dieses kleine Glück schien ihr so zerbrechlich, als würde es in unzählige Splitter zerspringen, wenn sie es ganz annähme. Als könnte man mit all seiner Sehnsucht viel zu fest danach greifen und es dabei zerstören.

Annegret schenkte den anderen und sich selbst Kaffee nach. Gleichzeitig tauchte das Bild der durchwühlten, offen stehenden Schränke vor ihrem inneren Auge auf. Auch wenn es den Einbrechern vom PFAD INS LICHT nur darum gegangen war, Beweise zu finden, die Riccarda gegen die Sekte gesammelt hatte, obwohl Annegret selbst nie in Gefahr gewesen war, schauderte es sie bei dem Gedanken. Sie konzentrierte sich auf die Wärme des Kaminfeuers, auf die ruhigen Stimmen um sie herum, um die Erinnerung wieder loszuwerden. Nie hätte sie gedacht, dass durch die Gegenwart der beiden jungen Frauen alles Geschehene in ihr noch einmal so lebendig werden würde.

Sie wollte nicht weiter darüber nachdenken. Es war vorbei. Das musste sie sich immer wieder vergegenwärtigen. Dank Riccardas Recherchen waren die Gründer und viele Mitarbeiter von PFAD INS LICHT verhaftet worden. Der Polizei war es gelungen, auch die Mörder zu fassen, gab es an den Toten und Verletzten doch mehr als genug DNA-Spuren von ihnen. Sie würden ihre Taten vor einem Gericht verantworten müssen.

Eigentlich müsste sie darüber erleichtert sein, doch auch das war nur bedingt so. Es hatte Tote gegeben. Die Mühlen der Gerichte mahlten langsam, sodass es noch Monate bis zum Prozessbeginn dauern würde.

»Was ich noch immer nicht verstehe«, überlegte Annegret, worüber sie vorher noch gar nicht nachgedacht hatte, »woher wussten die Mörder eigentlich, dass Riccarda an diesem Abend ins Kloster kommen würde?«

Steffen blickte ernst von einem zum anderen. »Bei der Durchsuchung des Verlagsgebäudes sind wir bei einem der Computer auf Audioaufnahmen gestoßen, darunter waren auch Telefonate von Riccarda mit dem Abt des Johannesklosters. Die Leitung des Klosters wurde abgehört.«

Riccarda knetete ihre Unterlippe. »Und ich habe so gehofft, dass sie mich für tot halten, wenn ich meinen Selbstmord vortäusche! Der Plan wirkte so sicher! Was bin ich nur naiv gewesen! Wenn ich dort nicht angerufen hätte …« Sie stockte.

»Das darfst du nicht einmal denken«, sagte Steffen. »Wenn nicht über die Anrufe, hätten sie eine andere Möglichkeit gesucht und gefunden, all diejenigen auszuschalten, die ihnen im Wege standen.«

Annegret umarmte Riccarda. Sie wusste, wie quälend es war, wenn die Gedanken in diesem Was-wäre-wenn verharrten.

»Ich muss los«, sagte Riccarda und schob Annegret beiseite. »Passt du für zwei Stunden auf Sofie auf?«

»Warum willst du denn wieder weg? Wohin? Wir haben es uns doch gerade erst gemütlich gemacht. Und sieh dir das Schneegestöber draußen an.«

Riccarda legte Sofie in Annegrets Arm. »Ich habe noch eine Verabredung.« Unruhig trat sie von einem Bein aufs andere. »Da ist noch jemand, der auf mich wartet. Erst habe ich überlegt, ihn hierher einzuladen, aber es ist besser, wenn wir erst unter vier Augen miteinander sprechen.« Riccarda ging in den Flur, zog ihre Jacke an, kam dann noch einmal zurück. »Meint ihr, Nils will überhaupt noch etwas mit mir zu tun haben? Dass man ganz neu anfangen kann, wenn man eine Beziehung gegen die Wand gefahren hat?«

»Menschen und ihre Reaktionen sind im Voraus immer unberechenbar.« Annegret sah zu Steffen. Jetzt, wo Riccarda den Mut gefasst hatte, sich mit Nils auszusprechen, gab auch sie sich einen Ruck. »Wenn man sich länger kennt, wird es nicht einfacher. Auch nicht, wenn man älter wird. Im Grunde stehen wir alle wieder wie die unsicheren, schüchternen Teenager da, die wir mal gewesen sind. Wir machen uns vor dem anderen innerlich nackt, wenn wir auf ihn zugehen. Dann hat der andere die Macht, mit ein paar Worten nicht nur die Hoffnung zu zerstören, sondern auch uns selbst einen deftigen Schlag zu versetzen.« Annegret merkte, wie ihre eigene Unruhe auf Sofie überging, die den Mund öffnete wie zum Schreien, dann aber doch ruhig blieb. Sie musste zum Punkt kommen, aber das funktionierte nicht, solange Riccarda und Kate noch im Raum waren. Sie musste dafür mit Steffen allein sein, zu intim war der Moment für sie. Riccarda und Steffen schauten sie aufmerksam an, auch Kates Blick ruhte auf ihr.

Annegret lachte und die aufgestaute Spannung in ihr löste sich. Sie sah, wie Sofies Gesicht sich entspannte und die Lider sich schlossen. Auch Sofies Atem ging wieder ruhig. »Jetzt geh du schon zu deinem Nils!« Sie stand auf und schob Riccarda in Richtung Tür. »Und ja, lass Sofie ruhig hier, sie schläft ja gerade.« Annegret legte die Kleine in die Wiege zurück, wo sie kurz aufmerkte, dann aber sofort wieder einschlief.

»Ich muss dann auch mal«, sagte Kate. »Habe einen Termin bei der Studienberatung der Uni.« Sie küsste ihren Vater zum Abschied, nahm ihre Jacke und verschwand.

»Und wenn er …«, begann Riccarda. Unschlüssig blieb sie an der Tür stehen.

»Wird er nicht.« Nils würde Riccarda nicht abweisen, da war Annegret sich sicher, auch wenn sie das Gefühl hatte, abgesehen davon nur sehr wenig zu wissen. Aber dass Nils Riccarda liebte, dass er nur auf ein Zeichen von ihr wartete, das wusste sie genau.

Annegret wartete, bis die Schrittgeräusche verklungen waren, die von der Straße durch das gekippte Fenster hereindrangen. Dann nahm sie Steffens Hand.

»Steffen, was ich dir sagen wollte: Wir kennen uns so lange, du bedeutest mir so viel, ich liebe dich für alles, was du für mich getan hast.«

»Du bedeutest mir auch sehr viel. Aber das weißt du ja.«

Sie schloss kurz die Augen. Es war wirklich so, wie sie es vorher gesagt hatte: Im Zweifelsfall half keine Lebenserfahrung, kein Alter. Ihre Wangen brannten. Sie kam sich vor, als stünde sie unbekleidet in der Fußgängerzone, aber ein Zurück gab es für sie auch nicht mehr. »Steffen, ich liebe dich. Wirklich! Ich will mit dir essen gehen. Ins Kino. Oder in ein Konzert. Wohin du auch willst.«

»Ein Date?«

Sie konnte seine Stimmlage nicht einschätzen in der Mischung aus Verwunderung, Ungläubigkeit und Sachlichkeit. Eine Weile sagte niemand irgendetwas.

»Ja.« Annegret hielt die Luft an.

»Okay.« Steffen nickte. »Heute oder morgen?«

# Newsletter

F ür meine Buchfans habe ich einen speziellen Newsletter eingerichtet. Warum einen Newsletter, wenn ihr mich doch auf Twitter, Instagram und Facebook findet?

Der Newsletter, der ungefähr 1x im Monat erscheint,

- bündelt die wichtigsten Informationen,
- bietet viele Extras, die ihr sonst nirgends bekommt:
  - Vorab-Leseproben
  - Verlosung von Taschenbuch-Belegexemplaren
  - Extra-Gewinnspiele: Die Bücher exklusiv schon VOR dem offiziellen Erscheinen kostenlos lesen.

Ihr wollt euch anmelden? Schreibt mir eine Mail (info@heikefroehling.de) oder geht über das Formular auf meiner Webseite www.auf-lose-blaetter.de (ganz unten).

# Über die Autorin

---

Mit ihrem Wunsch, Schriftstellerin zu werden, schaffte es Leonie Haubrich immer wieder, sich das Leben selbst schwer zu machen. Warum nicht einfach nach dem abgeschlossenen Studium (Musikwissenschaft, Germanistik und Schulmusik) etwas »Vernünftiges« arbeiten? Doch das Leben ist nicht dafür da, um das zu tun, was alle tun. Man kann die Sterne nicht vom Himmel holen. Aber wenn Leonie Haubrich einmal alt ist und über das Meer blickt, möchte sie sich sagen können, dass sie es wenigstens versucht hat.

Doch bei einem Versuch ist es nicht geblieben. Jahrelang war Leonie Haubrich als Journalistin für Frauenzeitschriften tätig. Sie veröffentlicht seit 1999 als Verlagsautorin, seit 2012 auch als Selfpublisherin. Mit ihrem Mann, drei Kindern, vier Katzen und Hund lebt sie in Wiesbaden.

Zur besseren Einordnung der Werke erscheinen die Psychothriller unter dem Pseudonym Leonie Haubrich, die anderen Romane unter dem Realnamen Heike Fröhling.

www.auf-lose-blaetter.de
info@heikefroehling.de
Facebook: @aufloseblaetter
Twitter: @HeikeFroehling
Instagram: @heikefroehling